创意写作书系

回忆录写作
（第二版）

Writing the Memoir: From Truth to Art
(Second Edition)

朱迪思·巴林顿（Judith Barrington） 著

杨书泳 译

中国人民大学出版社
·北京·

"创意写作书系"顾问委员会

（按姓氏笔画排名）

刁克利	中国人民大学
王安忆	复旦大学
刘震云	中国人民大学
孙　郁	中国人民大学
劳　马	中国人民大学
陈思和	复旦大学
格　非	清华大学
曹文轩	北京大学
阎连科	中国人民大学
葛红兵	上海大学

写给威尔
——想听真实故事的人

致 谢

诚挚感谢我的老师和朋友、作家安德烈亚·卡莱尔，她读了这本书的手稿，给了我无比宝贵的帮助。她挑战了我对回忆录的原有假设，和我辩论，帮助我找到了我对回忆录的真实信念。

同样对我有莫大帮助的还有厄休拉·K·勒吉恩、内奥米·谢哈布·奈、伊夫琳·C·怀特、伊丽莎白·伍迪和特雷莎·乔丹，他们曾和我数次讨论将个人经历公之于众的方法和原因。芭芭拉·威尔逊和我就回忆录的性质有过几次对话，这些对话也是不无裨益的。

我想谢谢我的学生，尤其要感谢那些听过我早期想法的学生：1994年、1995年和1996年夏天在"心灵旅程"和海斯塔克参加过"回忆录写作"课程的学生，还有过去和现在参加过"29街作家营"的学生。他们提出的问题、他们对于回忆录的热情，还有他们对于写作练习的积极响应，都大大促进了这本书的创作。我要感谢约翰·丹尼尔，正是因为他，新版中才加入了对记忆的思考。

我还要感谢第八山出版社的实习生莱拉·李、苏珊娜·兰金-伯梅和特里西娅·基尼利所做的研究工作，凯西·希斯为本书做了索引。

我受到了很多回忆录作家的启发，尤其是保罗·莫内特(1945—1995)，他们的写作让我深切明白了真实故事的力量。

最后，我要深深感激和赞扬第八山出版社的编辑鲁思·贡德勒，她是所有人梦想中的完美编辑，她坚定不移地要让推出的书籍美观且有内涵，并竭尽己能为大家做出贡献。

引　言

　　1920年3月4日，弗吉尼亚·伍尔芙①参加了回忆录俱乐部的首次会议。回忆录俱乐部是莫莉·麦卡锡②召集的，参加者有十多人——都是老朋友和布卢姆茨伯里派③的成员——他们的既定目标之一就是"绝对坦诚"。首次会议上，麦卡锡和伍尔芙的姐姐瓦妮莎两位女士，还有包括瓦妮莎的丈夫克莱夫·贝尔④在内的三位男士向在座的人朗读了自传体随笔。在第二次会议上，伍尔芙朗读了《海德公园门22号》，描述了一段令人诧异的回忆：她同母异父的哥哥乔治·达克沃思曾和她还有她的姐姐有过一段不伦的关系（这份回忆录收录在很久之后才出版的《存在的瞬间》⑤中）。伍尔芙在日记中描述，这次朗读让她"倍感不适，狼狈尴尬"。

---

　　① 弗吉尼亚·伍尔芙（Virginia Woolf，1882—1941），英国女作家，20世纪现代主义与女性主义的先锋——译者注。除特别说明，本书脚注均为译者注，下文不再一一注明。
　　② 莫莉·麦卡锡（Moly McCarthy，1882—1953），英国女作家。
　　③ 布卢姆茨伯里派（Bloomsbury Group）是1904年至第二次世界大战期间以英国伦敦布卢姆茨伯里地区为活动中心的文人团体。
　　④ 克莱夫·贝尔（Clive Bell，1881—1964），英国艺术评论家。
　　⑤ 《存在的瞬间》：*Moments of Being*。

回忆录写作(第二版)

她写道:"我忍不住猜想,这在男人们看来是多么令人不适的乏味话题,在他们欢乐的感官里,我揭露的事实马上就显得令人厌恶不悦。我是着了魔了才会坦白我的灵魂!"

现如今,阅读群体对个人叙事求之若渴,回忆录便以前所未有的态势纷纷出现。然而,以绝对的坦诚展现自己的灵魂对女人而言还是一种需要勇气的行为,对男人而言也是如此,只是原因不尽相同。即便在今天,心路探索也还不是能指望男人全神贯注去做的一件事情:袒露自己的内心世界仍然近似于违背自己的男性角色,让他们难受。对于女人来说,深度个人化的写作也可以说是一种对于既定角色的反叛,虽说对于女性而言,关注内心世界、人际关系还有家庭似乎是理所当然的,但我们可以用我们所写的故事使他人获得满足和愉悦,并扩大我们的社交圈子。

我一开始写自己的生活就明白了如实描写家庭和身边的人就是铤而走险,就是要承受背叛的指责,就是要承担泄密的罪名,把家人和朋友为了免受痛苦真相的折磨而建构的谎言一一击碎。这种威胁就像一个巨大的阴影,潜伏在我视线的角落里。对于其

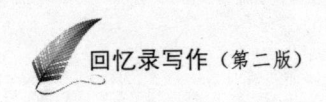

他任何想接近这项任务的人来说，都是如此——这个阴影在写作本身把他们引向泥潭之前就已经存在了。

是我所在的时代把我铸造成为一个追逐事实的人。在早期的女性运动里我就很活跃，自我意识的增强需要我们一丝不苟地审视生命，这也塑造了我。在我二十多岁的时候，我接受挑战，重新审视我生命中的那些事实，后来又第三遍、第四遍做同样的事情。我受到像伍尔芙那样的先驱的影响，在其后的多年，愈发珍视数量日增的回忆录。创作这些回忆录的是许许多多的女性，她们当中有有色人种，也有白人；有异性恋，也有同性恋——创作这些回忆录的，还有心怀善意的男性。我得以见证社会运动——我们创造的社会运动，其成员一度在文学中被边缘化甚至隐形化的社会运动——是如何带来了翻天覆地的变化，这些变化不仅出现在我们讲述自己故事的决心中，也体现在我们出版的权利上。各种声音的涌现如繁花盛开，也为越来越多的人讲述自己的故事铺就了大道，不管他们是否曾经参与到这些运动中或者是否从心底感受过这些社会变革的影响。

我个人是通过诗歌走向回忆录的。尽管通常是诗歌的韵律和意象引领着我走进我想说的故事，但我越来越发现，即便我已经用诗篇的形式容纳了我的故事，还是需要文章的广度来更深地挖掘这些故事。由于我没法想起关于一个事件的所有事实，我发现自己开始编造细节、润色故事，因为它的精髓需要我赋予它一种形态。有一阵子，我很困惑：这是不是意味着我应该写小说？我可以编造的内容有多少？我究竟能不能相信自己的记忆？写回忆录有什么规则吗？

在我被这些问题困扰的时候，几乎得不到什么帮助。偶尔，

引 言

我会和作家朋友谈话，探讨事实和记忆；间或，我会和写小说的作家辩论小说和回忆录的界限。我尽可能多地去阅读我能接触到的所有回忆录，惊讶地发现原来回忆录可以在不同的作家笔下呈现出不同的形态，为不同的话题服务。对于回忆录和我在学校学过的更加正式的文章的关系，我也感到困惑，不知道自己是应该重新拾起那些从前的技巧，还是应该试着遗忘它们。

这本书，就是我曾经寻找却一直没能找到的书。书里谈到了我刚开始着手写回忆录的时候想找人讨论却又无人可以讨论的那些话题，解答了回忆录这一体裁涉及的基本问题，以及那些对于其他散文创作也有益处的体会。本着多年教授回忆录写作积累的经验，我在书中也提供了一些语言学和语法学的定义——学生中的很多人，虽然是出色的作家，但也一直没有注意到这些定义。

《回忆录写作》出版后的五年来，我又读到了很多新的回忆录——一些令人失望，少数让人难忘，还有很多介于两者之间——我很愿意在新的一版里引用其中的某一些。在这五年里，我在很多回忆录写作课程上和各种工作室中授课。我的学生除了给"写作建议"补充了不少出色的观点，还提供了他们最关注的话题。有些关于技艺和责任的问题是他们最经常提到也最热烈讨论的，我也因此拓展了某些段落来更全面地探讨这些问题。

我希望这本书能鼓励你们——受到吸引，想要讲述自己故事的你们。因为我认为，这是非常重要的事情。对于被边缘化的群体的成员而言，说出自己的心声、道出自己的生活，对于挣脱多年隐若无形、任由他人诠释的困境可以起到一些作用。对于我们所有人而言，认真地与事实打交道就是挑战我们社会中大量存在的那种虚伪，不管它来自家庭内部还是国内外政治势力——前者

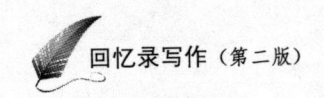

常常否认紧闭的大门背后还有暴力，而后者则拒不承认自身的暴行，把那称作"维护和平"。

如实描绘我们的生活需要我们努力完善艺术技巧，这样我们的回忆录才能有效地传达来之不易的、深层的事实，这些事实在惯常的社会语境中是罕见踪迹的。在我们回避普遍认可的对忠诚的定义时，心头会冒出各种伦理问题，例如："我能如实地叙述这个故事吗？这会伤害我妈妈吗？"对生活的真实描绘需要我们努力克服这些困难。和我们最亲密的人会要求我们保持沉默，以示"忠诚"，他们迫使我们与谎言或者传说为伍。然而，我们不能以愤怒的仓促付梓回应这种逼迫。在坚守事实的同时，我们必须审视我们作为作者对那些被我们描述的人所负有的责任。

在这本书中，我假定读者追求的是最高的文学标准，我希望书中提供的方法对那些态度恳切而富有创造力的作家能有所裨益。而且，我相信这本书还可以鼓励和帮助那些现在还没有考虑甚至永远也不会考虑出版作品的众多读者。

最后，说说关于代词的事情。最开始的时候，我把回忆录作者和读者都称作"他或她"，但是很快，我就绝望地纠缠在自己的啰唆里了。后来我又试着交替使用，有时候称作者为男性的"他"，有时候称作者为女性的"她"，对读者的称呼也是类似地换来换去。这样，很多时候说不清楚我指的是作者还是读者。最后，我采用了现在使用的这套方法：作者总是女性的"她"，读者总是男性的"他"。如果男性作家和女性读者因为这些代词而感到被排除在外的话，我请求你们的原谅。我现在能想到的这种性别中立的系统固然有缺陷，但这些缺陷在英语这种灿烂的语言里，比在

引　言

其他某些语言里会出现的缺陷已经显得微小多了——那些语言里的偏颇用法给我们提出的难题还有待解决。

我希望，这本书不仅能鼓励你们挖掘自己最深层次的理解，还能为你们精心塑造你们找到的事实提供切实的帮助。

目 录

第1章　回忆录是什么？	1
第2章　谁在乎？以及开始写作的其他思考	19
第3章　寻找形式	33
第4章　真相：什么、为什么以及怎么样	47
第5章　场景描写、概述和思考	67
第6章　在时间中移动	81
第7章　调动感官	95
第8章　说出名字	107
第9章　关于活着的人	117
第10章　你的回忆录和整个世界	127
第11章　小心传说	139
第12章　获取反馈	149
附　录　你的回忆录和法律	161
译后记	169

第 1 章

回忆录是什么？

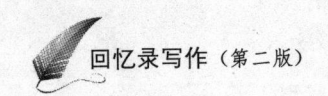

在我年轻的时候，名人——通常是退休的将军、莎剧演员，或者这些人的那群幻想破灭的亲友们——会写"他们的回忆录"。我从来没有读过那些回忆录，但是觉得它们一定是一群老家伙无聊的絮絮叨叨，只是为了吹嘘自己。我偶尔会听到这样的话："谁谁正在写回忆录呢。"我心里冒出一句："那又怎样？"然后回过头去读我最喜欢的书——漫长而精彩的小说，里面有着复杂的情节和众多的角色，需要人全神贯注。

　　和今天的很多人一样，那时的我分不清"回忆录"（memoir）和"传记"（memoirs）。那个时候，文学回忆录还不像现在这么广受欢迎，所以这种疑惑就更容易出现了。相比随笔式的文学回忆录，"传记"这个词所描述的更接近自传。那些著名人士的传记很少专注于一个主题或者选出生活的一个方面来深入探索，但回忆录会。通常，"传记"（前面总是有一个定语："我的传记"、"他的传记"）是一本剪贴簿，上面贴满了生活的片段。当然了，这些体裁之间的界限没有我描述的那么明显——过去没有那么明显，现在也没有那么明显。有时候，副标题写着"回忆录"的书看上去

第1章 回忆录是什么?

更应该用传记或者自传来做标题。内德·罗勒姆①的《知道何时停止：回忆录》就是这样一本书：书中包含了日记的选段，还有许多不同的文体，尽管流畅有趣，却没有组成一个有条理的整体。

在我早期的阅读生涯中，回忆录很短缺。回顾往昔，我发现那时候的某些作家正在为当代的文学回忆录铺设道路：比如弗吉尼亚·伍尔芙，她为直白坦率的个人写作奠定了基础，后来这种写作形式广泛流行。然而，在那个时候，图书馆里似乎只有小说和散文随笔。散文随笔不好读，我十二三岁的时候，语文老师让我读查尔斯·兰姆②和威廉·赫兹里特③之类作家的作品，我总要嘟嘟囔囔地抱怨。现在，我写着自己的故事，才渐渐明白，现代回忆录其实和散文一样，是同属一个种类的。菲利普·洛帕特④关于散文的论述极具启发性，在其论述中，回忆录（还有沉思录、趣闻逸事、抨击谩骂、学术研究、奇幻故事以及道德哲学问题）就是被归到"随笔或小品文"这个大标题下的。他认为，把这一类型散文和其他类型散文区分开来的，不是某一种特定的形式，而是作者的声音。

伟大的散文家蒙田⑤认为："在散文中，奋力理解问题的思想轨迹**就是**情节，就是奇遇。"回忆录作家不仅仅是在简单地陈述生命中的一个故事，她还仔细思考，试着依据她现有的认知去阐释

---

① 内德·罗勒姆（Ned Rorem，1923—　），美国作曲家、日记作家，著有《知道何时停止：回忆录》（*Knowing When to Stop：A Memoir*）。
② 查尔斯·兰姆（Charles Lamb，1775—1834），英国散文家。
③ 威廉·赫兹里特（William Hazlitt，1778—1830），英国文艺评论家、散文家。
④ 菲利普·洛帕特（Phillip Lopate，1943—　），美国电影评论家、散文家、小说家、诗人、教师。
⑤ 蒙田（Montaigne，1533—1592），文艺复兴时期法国作家。

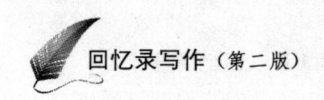

这个故事的含义。（这种沉思的声音在非裔美籍奴隶叙事里面是不可能出现的，虽然它们也是现代美国回忆录历史的一个部分。奴隶叙事的作者为了试着显得"公正"，只是讲述她的生活，却不做解读或者评判，她对被控煽动的潜在指责有着过分清晰的认知。）在当代回忆录中，回顾是故事中的主要部分。你的读者必须愿意享受故事本身，同时还必须对你在回顾的时候是怎么认知这件事情的感到好奇。

为了让读者关注你对自己生活的看法，在你的作品中，必须有一个吸引人的声音——一个把握了人物个性的声音。在包括回忆录在内的所有类型的随笔中，作者的声音都是谈话式的。现在，和随笔作家同属一类的还有报纸的专栏作家。和正式论文或者报纸其他版面新闻那种不带情感的阐释相比，专栏作家闲聊式的风格很容易辨认。回忆录写作和专栏写作一样，需要读者感到作者正在**对自己说话**。在早些时候，这种谈话式的特征体现在作者对读者的呼语（"亲爱的读者……"）上，但在19世纪中期回忆录的鼎盛时期过去之后，这种特征逐渐消失了。尽管如此，即便没有直接呼语，现代的回忆录作家依然力图与读者直接对话，读者也喜欢体会作者的语言，就像他们正坐在舒服的椅子上，听着许许多多的秘密。

虽然回忆录扎根于个人散文的范畴，现代文学回忆录也有着小说的许多特点。在时间轴上来回跳跃、再现可信的对话、在场景描写和概述中不停穿梭、控制故事的节奏和张力——通过这些，回忆录作者成了娴熟的故事作者，让读者全神贯注。所以说，回忆录是一种混合的形式，兼具小说和散文的要素，在这种体裁里面，作者用自己的声音，以谈话的形式道出对真实故事的深思，这是最重要的。

第 1 章　回忆录是什么？

> ## 声音
>
> 　　在谈到诗歌的时候，芭芭拉·德雷克[①]这么写道："声音是诗歌的媒介和工具，不管你是大声朗诵还是暗自默读。声音还是诗人的印记。"这一定义对于散文写作也是适用的。我们倾向于认为声音是我们听到的东西，或尖厉或圆润，或喧闹或柔和。但在写作中，声音是我们在脑海中听到的：它是媒介。
>
> 　　我们通常认为，作者的声音在可供辨认的时候就成熟了。这也许有些奇怪，因为有时候作者呈现的是另一个角色或者她自己的另一面。小说作者可以通过很多不同的角色说话，然而声音就像是作者的指纹——不是纸面上的人物，而是作者自己独特的语言特征、句子节奏和反复出现的意象。虽然回忆录作者只通过自己的形象说话，但她也需要有这样的指纹。

　　我教回忆录写作时，学生会问："那回忆录和自传有什么不同呢？"确实，有些回忆录的篇幅和书一样，所以包含的内容和素材也和不少自传一样多。但是回忆录和自传是不同的，不同之处就在于题材的选择。

　　自传是**关于一生**的故事："自传"这个词本身就意味着作者会设法捕捉一生中所有的重要因素。例如，一个作者的自传要涉及

[①] 芭芭拉·德雷克（Barbara Drake），美国作家、教师。

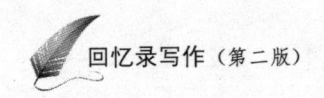

的不仅仅是其成长过程和写作事业，还有和家庭生活、所受教育、人际关系、性、游历以及各种内心挣扎等因素相关的事实和情感。自传有时候会有时间限定（例如多丽丝·莱辛①的《吾肤之下——自传卷一：1949之前》），但却没有明显的主题限定。

相较之下，回忆录是**来自生活**的故事。它并不复述生活的全部。回忆录写作的一个重要技巧就是选择能将整部作品紧密联系起来的一个或者多个主题。在我们着手阅读帕特里夏·汉普尔②的《处子之时》的时候，我们发现，她选择的主题是天主教——她的成长伴随着天主教，她成人后，又奋力在自己的精神世界中为天主教寻觅一片领地。有了这样一个主题之后，作者就能抵抗诱惑，不会离题讲述那些和这一话题没有直接关联的故事。虽然在别的好故事里有不少她在其他方面的经历，汉普尔的这本书的确没有讲述她生活的其他方面。维维安·戈尼克③的回忆录《强烈的依恋》的主题是她和妈妈的关系。通过设定界限，作者可以将焦点集中于生活的一个方面，给读者带来富有深度的探究。

在选择回忆录的素材时，你可以把其他的素材留着，有待日后开发。大多数人一辈子只写一部自传，但是随着时间推移，你可能会写很多回忆录。玛丽·布鲁④把选择的过程比作缝制一床被子的过程。

---

① 多丽丝·莱辛（Doris Lessing，1919—2013），英国小说家、诗人、剧作家、传记作家，著有《吾肤之下——自传卷一：1949之前》(*Under My Skin*: *Volume One of My Autobiography to* 1949)。

② 帕特里夏·汉普尔（Patricia Hampl，1946— ），美国回忆录作家、教育家，著有《处子之时》(*Virgin Time*)。

③ 维维安·戈尼克（Vivian Gornick，1935— ），美国评论家、散文家、传记作家，著有《强烈的依恋》(*Fierce Attachments*)。

④ 玛丽·布鲁（Mary Blew，1939— ），美国小说家、回忆录作家。

第1章 回忆录是什么?

记住,你有许许多多可以选择的颜色;选择一种颜色就意味着放弃其他颜色。提醒你自己,咖啡罐的碎片可以再次拼起来。你拼接、缝制着这床可能传给女儿的被子,与此同时,你的心底出现了另一床被子……

第一人称

(还讲这个问题,是因为你们当中的很多人在学校里从来没有学过。)

当我们说某个作品是用"第一人称"写的,我们指的是"第一人称单数"。也就是说故事的叙述者用的是"我"。

第一人称单数	我	我今天早上醒来了。
第二人称单数	你	你今天早上醒来了。
第三人称单数	他/她/它	他今天早上醒来了。 苏珊今天早上醒来了。 猫今天早上醒来了。
第一人称复数	我们	我们今天早上醒来了。
第二人称复数	你们	你们所有人今天早上都醒来了。
第三人称复数	他们	他们今天早上醒来了。 苏珊和吉尔醒来了。 全家——包括那只猫——今天早上都醒来了。

戈尔·维达尔[1]在他的回忆录《重写人生》里表达了看待回

---

[1] 戈尔·维达尔(Gore Vidal,1925—2012),美国作家,著有《重写人生》(*Palimpsest*)。

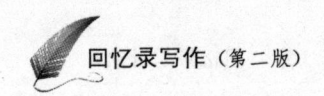

忆录和自传不同之处的另一种视角。"回忆录写的是一个人是怎样看待自己的生活的，而自传是一部历史，需要你反复核实其中的调研结果、日期和事实。"实际上，一些回忆录也需要调研，但总体而言，需要核实的事实和自传中的那些相比，没有那么重要。作者在自传里面涵盖的内容通常超出了记忆可以承载的范畴。

顺便说说关于旅行写作的事情。旅行写作告诉我们，那些树立在不同写作类型之间的界限有多么的不固定。虽然旅行写作在讨论中通常被当作一种独立的体裁，但是它和回忆录写作常有重合的地方。西比尔·贝德福德[1]的《寻访唐奥塔维奥：墨西哥旅行者故事》就是一个例子，这部非虚构文学作品涵盖了关于一个地方的许多信息，也能容纳个人的旅行故事，读起来就像一部回忆录。艾丽斯·亚当关于墨西哥的故事也有着类似的特质。

不同体裁之间的界限有时候是很难确定的，但你读得越多，你就越容易察觉它们之间的细微不同。例如，我曾经遇到这样的提问：可以用诗歌的形式写回忆录吗？我觉得答案在于"我"的性质。大多数——或者说许多——当代诗歌都是以第一人称写的，然而就本质而言，诗歌中的"我"和回忆录中的"我"是不同的。诗歌中的"我"是一种媒介，让读者得以体验说话者的感知，但更像是一组透视镜头，而不是对说话者本身角色的直接写照。在回忆录中，"我"是一个成熟的角色——是故事的主角。在杰出的

---

[1] 西比尔·贝德福德（Sybille Bedford，1911—2006），英国小说家、记者，著有《寻访唐奥塔维奥：墨西哥旅行者故事》（*A Visit to Don Otavio：A Traveller's Tale from Mexico*）。

作品《情境与故事：个人叙述的艺术》① 中，作者维维安·戈尼克对叙述者声音的重要性有不少深入见解。

叙述者

叙述者是回忆录的主人公。这个术语在小说和诗歌中也会用到，用来指代讲述故事的那个人。

在构思回忆录或者和你的写作小组（如果有的话）讨论的时候，你应该一直用"叙述者"而不是"我"来指称你自己在故事中的角色。同样，你的朋友和同伴也应该用"叙述者"而不是"你"来指称你故事中的主人公。

虽然你既是回忆录的作者，又是故事的中心人物，但是这两种角色应该作为两种不同的实体来对待。因此，你的朋友应该这样提问："为什么你（作者）在第三页把**叙述者（主人公）**描述成一只老鼠？"（而不是"为什么你在第三页把**你自己**描述成一只老鼠？"）

把作为作者的你和作为主人公的你区分开来，有助于提供必要的视角，帮你把回忆录写成故事。在别人评论你的作品的时候，这样做也有助于你减轻被暴露的感觉。（不管用的是什么术语，你所披露的关于自己的信息都是一样的，但是听别人谈及"叙述者"的私密经历比起听他们谈及"你"的私密经历，不舒服的程度会有所降低。）

---

① 《情境与故事：个人叙述的艺术》：*The Situation and the Story：The Art of Personal Narrative*。

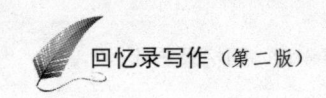

不是所有真实故事的作者都给自己的作品贴上回忆录的标签，即便这些作品带有回忆录的许多特征。玛乔丽·山多尔①的《夜的园丁：对家的追寻》和内奥米·谢哈布·奈②的《从不着急》中都含有可以称作回忆录的故事。然而，即便两本书的文字都包含了我们认为是回忆录的故事，奈的书的副标题是"关于人与地的散文"，将书定位为个人散文这个更大的范畴；山多尔的书的副标题则是简单的"对家的追寻"。就体裁方面而言，琳达·霍根③的《住所》的副标题显得更加费解——"生活世界的精神历史"，但书的护封告诉我们，这是一本非虚构文学作品；书中的个人叙事也暗示，这是一部回忆录。

当然了，回忆录描写的可以是任何一种生活经历。有些是无忧无虑的，描写的是让人忍俊不禁的地方，例如杰拉尔德·达雷尔④的回忆录《我的家庭和其他动物》，描述了他们一家在科孚岛逗留的经历。另一些回忆录，比如普里莫·莱维⑤的《逃生奥斯维辛》，让读者直面作者的经历，也同时成了一份重要的历史记录。J. R. 艾克利⑥的《牧羊犬郁金香》是一颗由家庭生活打磨出的小

---

① 玛乔丽·山多尔（Marjorie Sandor），美国作家，著有《夜的园丁：对家的追寻》(*The Night Gardener: A Search for Home*)。

② 内奥米·谢哈布·奈（Naomi Shihab Nye, 1952— ），美国诗人、作曲家、小说家，著有《从不着急——关于人与地的散文》(*Never in a Hurry: Essays on People and Places*)。

③ 琳达·霍根（Linda Hogan, 1947— ），美国诗人、剧作家、小说家，著有《住所：生活世界的精神历史》(*Dwellings: A Spiritual History of the Living World*)。

④ 杰拉尔德·达雷尔（Gerald Durrell, 1925—1995），英国博物学家、作家、电视节目主持人，著有《我的家庭和其他动物》(*My Family and Other Animals*)。

⑤ 普里莫·莱维（Primo Levi, 1919—1987），意大利化学家、作家，著有《逃生奥斯维辛》(*Survival in Auschwitz*)。

⑥ J. R. 艾克利（J. R. Ackerley, 1896—1967），英国作家、编辑，著有《牧羊犬郁金香》(*My Dog Tulip*)。

第1章 回忆录是什么？

宝石，而欧内斯特·沙克尔顿①的《一路向南：持久号航行回忆录》拥抱的则是陌生世界中大片的冻土。

学生们常常奋力界定回忆录和自传或者回忆录和旅行写作，有时候还疑惑究竟哪些个人散文是回忆录，但是他们很少会问及回忆录和小说的区别，可能因为很显然，一种是真实的，而另一种是虚构的。但我对回忆录以及真相思考得越多，个中的界限就越不清晰，于是回忆录和小说的不同就显得越发重要了。毕竟，回忆录中不是所有的细节都是确切的：谁能记住40年前的一顿早饭上那番对话的确切词句？那么，如果你能编造这番对话，改变人物的名字和头发的颜色来保护在世的人的隐私，甚至——像一些回忆录作家那样——把事件发生的时间重新排序，让故事更紧凑，这和写小说又有什么不同呢？

在回忆录里，作者站在她的故事背后，对世界说：它发生过；它是真的。这种主张的重要之处在于，**它影响着读者**：他在阅读的时候，相信故事来自作者记忆中的经历，这反过来要求作者必须是绝对可靠的叙述者。在小说里，作者巧妙地设计故事，让它听起来更真实，由虚构角色（可能是相当不可靠的叙述者）以第一人称的方式叙述；但是，如果作者以小说的方式呈现这个故事，读者也通常将它作为小说看待。读者通常会在小说里寻找自传的成分，甚至假定里面一定含有作者的经历，但是他们也相信，作者是在创作小说；与之类似，在阅读回忆录的时候，读者相信作者的基本承诺就是不把作品当作小说创作。

这样说来，你在定义自己的作品是回忆录还是小说的时候，

---

① 欧内斯特·沙克尔顿（Ernest Shackleton，1874—1922），英国极地探险家，著有《一路向南：持久号航行回忆录》（*South: A Memoir of the Endurance Voyage*）。

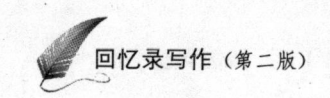

就和读者订下了合约。你要么说"这是真实的",要么说"这是虚构的"。如果你信守这份合约,作为回忆录作者,你的素材就只能是你实际经历过的事情。你可以自己决定改变已知事实的程度——不超过你填补记忆空隙所需要的。但不管你的决定是什么,你都必须限定在自身经历的范围之内,除非你改变主意去写小说。在小说里,你当然就可以包揽自己不曾接触的人、地点和事件。在回忆录和小说这两种写作中,想象都可以发挥作用,但在回忆录中,其作用**受事实所限**;在小说中,其作用**受读者相信程度所限**。这两种不同层次的想象,分别对应着两种区别相当明显的应用效果。

你和其他作者对于这份与读者签订的合约也许有不同的解读,可能有人对于修饰细节更加心安理得,也可能有人觉得编造对话更加心安理得。有些回忆录作家,例如创作了《撒迦利亚前与后》的弗恩·库普弗①,将好几个人物合并成一个人物,在书中写了他们所做的事情。另一些回忆录作家改变了事件发生的先后顺序,或者像德博拉·塔尔②在《白牛岛》里面那样,将好几年的事情压缩成一年。(由于某些原因,我更愿意更改时间,而不是人。)虽然在诸多类似的选择中,同意或反对的空间很大,但是如果你滥用读者的信任,你就得不到认可。给自己的故事编造一个"更好的结局"并且把它作为真实的事情叙述,或者更甚,为了看起来更好而编造自己的整个经历,通常都会适得其反。如果你的欺骗手段很高明,读者一开始也许会相信你,但是,你越是成为出色

---

① 弗恩·库普弗(Fern Kupfer, 1946—),美国作家,著有《撒迦利亚前与后》(Before and After Zachariah)。

② 德博拉·塔尔(Deborah Tall, 1951—2006),美国作家,著有《白牛岛》(The Island of the White Cow)。

的作家，你最终就越有可能被识破。莉莲·赫尔曼①的"回忆录"《旧画新颜》吸引了公众的兴趣，受到了高度的赞扬，但是后来人们发现这部回忆录或多或少是失真的：赫尔曼从来没有遇见过茱莉亚。如果她后来还活着继续写回忆录，醒悟过来的读者肯定不会那么心甘情愿地相信她了。无论如何，她的声誉无疑已经受损。

即便没有人发现你篡改了事实，你的回忆录也会因为你的不诚实而遭受损失。想要在弄虚作假的同时还显得态度坦率是很困难的，而回忆录需要坦率。篡改事实会让你的写作变得过于小心——这就抹杀了诚实地写作时显露出的那种闲适的风格。欺诈性的文字通常都是平庸的文字。尤其是用第一人称写作、宣称这是真事儿的时候，会有一缕撒谎的气息。那样的文字会让一些读者心头萦绕着一个疑问：**这里到底有什么我不相信的内容呢？**

当然了，你不应该因为这些而停止对事实的思考。只要你渴望弄清你所掌握的少量事实，读者就会很容易体会到你的诚恳。仔细思考你祖母的老照片背后**也许**发生过的事情，或者告诉读者你是怎么**想象**父母的早期生活的，这些与你将自己的猜想当作事实来叙述是截然不同的。比如，玛丽·戈登②的父亲在她七岁的时候就去世了，但在《影子男人》里，她用自己假想的对话来表达对父亲的猜想，一度还试着采用父亲本人的角度写作。这些都仅仅是以探寻的形式呈现的——多年以来她心中一直存有一个理想

---

① 莉莲·赫尔曼（Lillian Hellman，1905—1984），美国著名左翼作家，著有《旧画新颜》（*Pentimento*）。
② 玛丽·戈登（Mary Gordon，1949— ），美国作家，著有《影子男人》（*The Shadow Man*）。

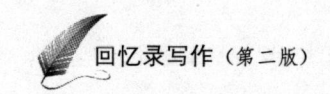

化的父亲形象，她在探寻这个形象背后那个真实的人。

回忆录还有最后一个需要重视的特点，这个特点对散文也是适用的，格奥尔格·卢卡奇①把这个特点叫作"判断的过程"。在一些雄心勃勃的作家看来，这一点可能是成问题的，因为我们当中有不少人受到各种心灵鸡汤或是自助哲学的影响，觉得评判（judgment）是不好的。我们总把"评判"和"主观判断"（judgmental）联系在一起，而后者现在经常用作贬义。然而，对于好的个人散文或者回忆录，有一种评判是不可或缺的；这种评判不是那种将他人过分简化或者对他人嗤之以鼻的癖好，而是形成和表达复杂观点——肯定和否定观点——的意愿。

如果说，回忆录的魅力在于我们读者可以看到作者是如何奋力理解自己的历史的，那么我们也必须看到，作者之所以在尝试不同的观点，而这些观点可能稍后就会被她自己否定，是为了确立她自己故事的意义。回忆录作家可以不知道她对自己故事的想法，但她必须尽全力尝试寻找它；她可以一直不给出明确的答案，但是她必须愿意分享自己在精神和情感上对答案的探寻过程。如果没有想要做出判断的意愿，作者的声音就会显得很无趣，作者的故事就会在中立的真空地带停滞不前，成不了小说，也成不了回忆录；作者是理应成为故事的主角的，如果她没有履行自己追寻意义的责任，那么读者也会失去对她的尊敬。如果没有分析和解读，对自我的揭露就只能让读者和作者都倍感尴尬。

---

① 格奥尔格·卢卡奇（Georg Lukacs，1885—1971），匈牙利著名的哲学家、文学批评家。

第 1 章　回忆录是什么？

当你坐下来，开始写回忆录的时候：

首先，提醒自己，你不是在写自传：你不需要把自己所有的生活经历都写下来。所以，首先要考虑的是主题和中心。

其次，进入怀有主见的——或者至少是心存疑问的——思考模式。

再次，去图书馆，借几本不错的回忆录看看。

最后，最重要的是，记住必须要**找到你的声音**。你现在就可以开始练习了。

写作建议

1. 选择一个你反复讲过或者听过的家庭故事。做一些关于这个故事的笔记，确定故事的**主题**。然后，把这个故事简洁地写出来。不要偏离主题，也不要解释故事里的人是谁。不要给出背景资料。

2. 想象你在和一位你信任的朋友说话。假设这位朋友已经听过第 1 步里那个故事，以和这位朋友讨论故事的口气，写下你对故事的想法。你认为这个故事真实吗？有没有为了让大家都舒服而隐藏的事情？故事本身是怎么评价其中牵涉的人的？故事本身是怎么评价你的？

3. 重写整个故事，把第 2 步里的推测也包含进去，或者让第 2 步里产生的思考改变你叙述故事的方式。

4. 挑选几个著名的个人化的故事（不用把故事写下来，只要列出来就可以，例如"关于……时候的故事"等）。给每个故事写一段话："我以前认为这个故事讲的是……（补充完整），但是现在，我觉得这个故事其实讲的是……（补充完整）。"

5. 列出你家（或者其他和你关系紧密的团体）的几个经典

故事——要是那些经常提到的故事。给每个故事做笔记，记下你所认为的故事的意义，或者这个故事在家庭（或团体）中孕育了怎样的传奇故事。

6. 列出可以让回忆录有重点的方法，使用带有明确时间范围的语句作为开头，例如，"我上大学的那年"，或者"一年级的时候"，或者"我妈妈去世的那年"。

7. 列出可以让回忆录有重点的主题，比如食物、性爱、兄弟姐妹、工作、宠物狗、你住的房子、你的政治观点等。

8. 选择一个特别的人——密友、你信任的家庭成员、你感兴趣的老师——想象一下把你在第 6 步或者第 7 步列出的一个话题和这个人分享。把你向这个人吐露心声的话写下来，文字中要包含对这个人的直接称呼。注意，在你通读写下的文字时，如果觉得用了平常说话时不会使用的词句，就要把这部分重新修改，让文字听起来像是口语式的对话。

第 2 章

谁在乎？以及开始写作的其他思考

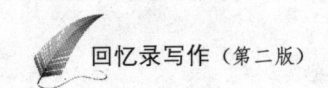

"我们中的很多人，"纳塔利娅·雷切尔·辛格[①]写道，"在自己的文字里用红色墨水写下了太多的'谁在乎？'。"她接着指出，对于写作自己生活的所有人来说，真正的问题在于"你为什么在乎这个？"，但是，回忆录作者要花很长时间，才能想到第二个问题。那些红色的大字、那些回响着的"没人会对**我的**生活感兴趣"，还有那些由挥之不去的"谁在乎？"引起的放纵任性带来的影响，联合在一起，把自我表达压得粉碎。所以，你的首要任务之一就是问问你自己："我为什么在乎这个？"这个问题的答案会让你感到，你是有权讲出你自己的故事的，你要明白，这个故事不仅值得写下来，而且还是恰当的文学素材——这是你想要修改、雕琢、让它臻于完善的故事。最后，你甚至会渐渐相信，阅读你的故事对于旁人来说也是一件很重要的事情。

　　辛格还指出，女性和有色人种尤其容易感到"谁在乎？"综合征的冲击。任何种族背景的回忆录作者都可能觉得难以相信，自

[①] 纳塔利娅·雷切尔·辛格（Natalia Rachel Singer），美国作家。

第 2 章 谁在乎？以及开始写作的其他思考

己的生活是适合写作的主题，但是，写作回忆录所必需的是一个权威的声音，对于那些被传统观念剥夺了权威的人来说，这是难以捉摸的——他们习惯于充当文学的客体，而非主体。做权威性的发言让一些人感到陌生，而且觉得危险。

南希·梅尔斯[①]描述了她自己的挣扎过程。在开始处理素材的时候（这些素材最后成了《铭记筋骨的住所》），她写了一些关于自己住过的房子的概述，并几次把这些文字带到了一个工作室中。工作室的主讲人是"一位著名的西南部非虚构文学作家"。这位作家告诉她，她的回忆录没有可读性，但是又加了一句："你要是个名人，那可能就没有关系了。"起初，这种毁灭性的批评让梅尔斯停止了写作，她的回应合乎逻辑："我还没有成为名人的机会。没有名气，就没有生活。我就把写作本放在一边，再没有翻开它那斑驳的黑白纸板封皮。"后来，聪慧而坚定的梅尔斯开始思考，名气究竟是不是写作回忆录的必要条件，于是她又重新开始写作，创作了我们这个时代最感人、最出色的一部回忆录。

在类似的故事里，最伤感的部分在于这些让人气馁的话语通常来自于老师，而这些人恰恰是我们向之寻求鼓励和认可的人。正因如此，谨慎地选择老师是很关键的。有些写作工作室会聘请著名作家来教授写作，不是因为看重他的教学能力，而仅仅因为他的名字可以吸引来学生。如果你想在开始写回忆录的时候得到帮助，你是肯定不想落入这样的人手里的。他暗地里觉得，你应该写的是**他的**生活，而不是你自己的生活——你本无须和这种人斗争一番。

[①] 南希·梅尔斯（Nancy Mairs, 1943— ），美国作家，著有《铭记筋骨的住所》（*Remembering the Bone House*）。

21

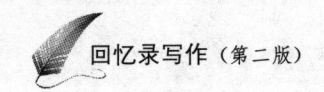

然而，正确的选择并不总是那么容易。读一下你想选择的老师的作品能让你对他们的态度有所了解，但即便他们的笔下功夫真的很好，有时候你在课堂上还是会发现他们令人大失所望。问问之前上过课的学生也可能有用，但是要注意那些在缺少道德原则的老师面前被追星心态左右了的学生，特别是那些被著名作家选中，然后一通表扬的少数学生——这些学生得到的鼓励是以班上其他人的埋没为代价的。被选中的这小部分学生自然会对这种老师评价很高，但是你要寻找的是那种对所有学生都一样宽厚的老师。我建议大家进行周密的调研。世界上有不少善于给予帮助的、实在可靠的好老师，也有自私自利的自大狂。

不论你是刚开始接触回忆录的写作初学者，还是要从诗歌或者小说转向回忆录这种新形式的老手作家，重要的是记住这一点：学习需要时间。比起大多数其他的艺术工作者，写作者似乎更希望自己能一步登天。究其原因，可能是因为我们所有人在日常生活中都要使用文字，但并非所有人每天都能演奏小提琴或者创作油画。相较于其他艺术形式而言，漫长的学徒期在写作中的必要性更加显而易见。

有人相信，写作就像每天起床一样简单——我们作家经常能看到这种态度。比尔·鲁巴赫[①]在描述学徒生涯的时候，记下了一

---

① 比尔·鲁巴赫（Bill Roorbach，1953— ），美国小说家、传记作家、记者、评论家。

第 2 章 谁在乎？以及开始写作的其他思考

些不是作家的人做出的评论，这些评论和我们大多数人曾经听到的很相像。鲁巴赫有一部回忆录记叙的是和一位女士共同经历的旅行，这位女士后来成了他的妻子。一对夫妇听说后，对鲁巴赫说："我们曾经也有可能写出这么一部书……以前总想着要拿出一个月，把它给写了。"还有一位在鸡尾酒会上遇到的医生告诉鲁巴赫，她要休息半年来写**她的**故事。鲁巴赫的回答诙谐而一针见血："你知道吗？你启发了**我**！我准备花半年时间学习，然后去当外科医生！"当然了，说这些事情的重点，不是要贬低这些不知道花多少时间才能成为作家的人，而是要在面对这些可能严重伤害我们学习过程的否定时，树立起这样一个事实：和其他所有需要技巧积累的领域一样，文学创作也需要漫长的学徒期。

学徒期

学徒期（apprentice，来自法语"apprendre：学习"）：按法律协议约束，以学习一门艺术或手艺为目的，为另一个人工作作为对其指导或扶养（旧时）的报酬的人；初学者；生手；新手。（《韦氏大学词典》）

现在，想要成为作家的人必须将自己的学徒经历补充完整。如果你认真对待这门手艺，那么，通过各种写作项目和工作室，或者不那么正式的会议和通信，你可以得到许多写作教师的帮助。如果你非常幸运，还可能找到一位老师，指引你度过漫长学徒期的整个或者部分过程；但是，更有可能的是，你会跟随几位不同的教师学习，还有写作

> 小组来为你提供支持和批评。必须记住，不管你有没有老师，在你的学徒期里，最重要的可能就是广泛的阅读。如果你只有急切的写作愿望，却没有同样急切的阅读热情，那你永远无法成为好作家。
>
> 现在大多数成功的作家都不再像以前的作家那样生活了：以前的成功作家可以把年轻作家护卫在自己的双翼之下，评阅他们初步努力的成果，和他们通信，帮助他们度过学徒期。现在，几乎所有作家的工作时间都很长，还经常是在为写作之外的事情忙碌，需要奋力挤出时间来进行创作。许多作家也会充当导师的角色，他们任教于写作课程或工作室，给手稿提出批评意见，但都是收费的。在这种情况下，你若想寻找导师，应该思虑周全。**不要**夹着400页（或者即使是4页）打印好的手稿就找上某位作家，想得到免费的批评意见。如果你想得到成功作家的专业意见，那就应该承担费用，因为你占用了他/她的时间。

我曾听诗人奥尔加·布鲁马斯[①]说，想成为诗人，至少要花十年的时间。类似的话对于回忆录作家也是适用的。在这十年（或者从开始直到你觉得自己可以结束学徒期的那段时间，不管多长）里，周围的人会问你是做什么的。如果你告诉他们你是作家，那么，像鲁巴赫指出的那样，他们肯定会问你出过什么书。所以你

---

① 奥尔加·布鲁马斯（Olga Broumas, 1949— ），希腊诗人。

第2章　谁在乎？以及开始写作的其他思考

最好说自己是学徒作家，在世人眼中，学徒作家比没有出过书的作家多了不少尊严——因为世人总是认为，没发表过作品的作家要么是个半吊子，要么是个失败者。那些从来没有认真思考过类似事情的人心里假定，真正的作家生来就有一本躺在畅销书书单上的作品。

实际上，回忆录写作不仅需要关于写作本身的学徒经历，还需要你不断积累合适的主题，不断酝酿，不断对自己的素材进行思考，以便为最后的故事带来洞察性——这是所有类型的创意写作都需要的准备过程。在苏珊·格里芬[①]的叙述中，这是一段艰难的时期，其间她害怕"自己的文字会缺少固有的权威性"。她说："我把自己的桌子清理一空。我打了不少电话。我知道自己在逃避打字机。我知道在我心里，在应该有文字的地方，有的只是一片空白。我试着写作，但紧接着，我的文字就让自己感到厌烦。"**但当时机一到**，所有的等待都会是值得的。"因为每次我写作的时候，每次那些真实的文字喷涌而出的时候，我就焕然一新了。我原来的状态迅速瓦解消亡。我像着了魔似的。我并不确切知道下一页会出现什么样的文字。我跟着语言走。我跟着文字的声音走，然后就被那些我记下的文字惊呆了、改变了。"

一旦你感到作为学徒的状态让你舒服，放下了关于经纪人、出版商、读者、名气以及财富的所有想法——这些都无益于好的

[①] 苏珊·格里芬（Susan Griffin，1943— ），美国作家。

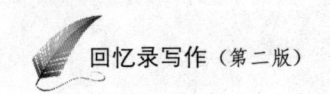

写作——那么就是时候思考你真正在意的事情了。

如果你想要找出自己关注的焦点,可以通过检验自己一直关注的内容来寻找重要的线索。什么在你脑海里翻来覆去地显现?什么故事在你心头萦绕?哪位故人在你梦里出现?什么让你在想到或者提到的时候充满激情?什么让你与人争辩?我们大多数人会陷入持续的困扰,原因有可能是在生活中遇到了困难、悲伤、神秘或意外的事情。有时候这是一些我们在写作中刻意回避的事,但是,我们迟早会意识到,这些才是我们最基本的素材。事实就是,写作和其他所有创造性的职业一样,同时带有痛苦和欢乐。痛苦常常是内涵最丰富的题材的固有部分;而欢乐则在于把这个题材转换成文字,用一种帮助自己成长也为他人提供价值的方式征服它。

如果你已经着手写了一些回忆录,但在反复阅读的时候,发觉自己对其中的文字感到不耐烦,那很可能是因为这些文字没能推动你进行深度的探索,或者是因为你停止了探寻那些你既想又不想揭开的更深层次的真相。从这个角度看,写作和生活是很相像的:你需要愿意冒很大的险,才能有很丰富的收获。

一旦你开始写作,很重要的一点就是记笔记,你要写下偶然冒出的念头、梦里的影像、过去发生的对话片段,以及其他所有浮现在你脑海中的东西——这些都是丝丝缕缕的线索,告诉你有一部回忆录正在等你写就。对于我而言,很奇怪的一件事情就是,总有一些故事会年复一年地沉睡在我的记忆里,但在它以故事创意的形式浮现在脑海里的那一瞬间,很可能就消失了。如果在它开始形成叙事的时候,我没能抓住它,它就有可能永远不再出现,即便我记得大致的内容,之前在我脑海中开始叙述的那个声音也

第 2 章 谁在乎？以及开始写作的其他思考

再找不回来了。所以，要准备一个可以随身携带的小本子，在床头也准备好一个笔记本是个不错的方法。午夜的时候，你深信你到早上还会记得眼下这个伟大的创意，然而，令人伤感的是，随着闹铃的欢叫，有很多不错的故事都消散了。做笔记会让你成为记录重要语句或者影像的能手——在此后你回看故事时，这些语句和影像能把你带回那一刻的顿悟。对于一些人来说，那可能是跃入脑海的一句开篇语；对于另一些人来说，那可能是整件事情的朦胧形状，或者甚至是整个故事的核心。不管对于你来说它是什么，你都要在本子上做笔记，好让这些笔记在你有时间探索的时候，把曾经浮现在脑海中的语句和影像带回到你面前。

教人写作生活故事的书里会列出一个长长的单子，它们可以启发你想到不同的主题。其中包括弟弟妹妹的出生、上学的第一天、工作的选择、结婚等，但这些可能常常会让你的文字显得呆板、触碰不到事情的核心。留存了激昂的瞬间、彻底的改变以及痛苦的成长的，不是生活中那些显而易见的里程碑——它们藏身于对每个个体而言都独一无二的琐事和关系中。所以，与其拿着那些书上列的单子开始写作，不如列一下你自己的单子。找到那个和生活中所谓的"重要时刻"毫无关系，却在你心头挥之不去的故事。用你的笔记本去勤奋搜寻你毕生关注的那些事情。

在这个初级阶段，你可能会发现自己是挣扎着坚持写作。你可能在找各种借口离开桌子。这个时候，我建议你做一下本章末尾"写作建议"中的"块式练习"，花点时间验证自己的难处和恐惧所在。但是要注意的是：把你所有可用的写作时间都用来思考甚至写下"**不写作**"的相关话题不难——例如，有些写作小组无休无止地讨论他们的难处，但是从来不动笔写下一个字。所以，

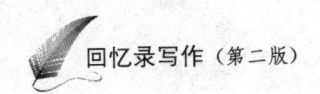

别走极端。利用块式练习来好好地、认真地审视到底是什么让你停滞不前,用笔把它写出来,然后继续前进。

当你继续前进的时候,从其他人的回忆录里寻找灵感也还是很重要的。虽然有数目惊人的作家志存高远,似乎对别人的书毫无兴趣,但是,如果你不是一位好读者,那你就无法成为一位好作者。就好像作曲家会去欣赏音乐会、画家会去参观美术馆一样,作家也会阅读。相比参加各种工作室、翻看各种指南手册,阅读好的文学作品能让你用最愉快的方式得到更多关于风格和语言的知识。阅读其他人的回忆录能让你切实明白应该怎样组织你自己的故事,还能向你展示可供采用的各种不同方法。

其他人的回忆录还能让你知道,原来写得好的回忆录可以让人对其他人的经历如此关心。记下那些感动过你的回忆录是很有帮助的,这样,在你想查一下它们是怎么触动他人的时候,就可以把它们找出来看看。对于我来说,让我感动的一本回忆录是纳塔莉·库斯[①]的《路上的歌》,书中记录了她在阿拉斯加生活的经历,讲述了一场可怕的事故,严重地毁坏了她的容貌。在阅读的时候,我完全沉浸在她描述的独特挑战中,虽然那和我自己的所有经历都相去甚远。在我从头到尾仔细阅读的过程中,她面对的困难成了我面对的困难,她所在的环境——虽然我从来没有去过阿拉斯加——成了我的家园。我不时想起自己的经历,虽然事情大不一样,在我心里引起的反应却和库斯很相像,但是,我常常把自己的经历抛到一边,全心全意地感受库斯的经历。后来,在

[①] 纳塔莉·库斯(Natalie Kusz, 1962—),美国作家,著有《路上的歌》(Road Song)。

第 2 章 谁在乎？以及开始写作的其他思考

我犹豫自己的故事是不是可能对未来的读者也很重要的时候，我阅读和感受库斯回忆录的经历给我提供了帮助。我那时在写的回忆录讲述的是我在为父母去世而哀伤的时期遭遇的苦难——我的父母在我十九岁的时候溺亡了，这显然不是潜在读者普遍经历过的事情。尽管如此，我意识到，如果我写得好，读者是有可能和我读库斯回忆录的时候一样感同身受的。我生活中的片段可能会和他们生活中的片段产生共鸣。他们甚至有可能放下自己熟悉的经历，花时间来体会我的生活。

当你发现有一个故事能让你用这样的方式去体会它，记住，这是因为作者本身反复思量过她叙述的事件，她对这些事件在生活中产生的影响也有着强烈的感情。这让我们又回到了"在意的重要性"这个话题。**你**之所以在意，部分原因无疑就是你知道**她**有多在意。所以，现在就开始思考生活中究竟是什么事情让你在意吧——去思考那些深深挑战过你、塑造了你、影响了你的事情。开始列单子做笔记吧。记住，要不时提醒自己到底是谁在乎：**你在乎**。

写作建议

1. 这就是我说的"块式练习"。这里面有几个不同的部分。不要一下全部读完，按顺序一部分一部分地完成。如果有必要，先把后面的部分遮住。如果你和写作小组一起来做这个练习，那么可以每次让一位成员来朗读一个部分的指引，同时掌控每个部分的时间限制，这些限定时间已经包括了用来写作的时间。

> 首先，列出你能想到的对你写作造成阻碍的所有事情。把这些事情分成两类："外在的"（照顾小孩、收拾房子、每天工作八小时等）和"内在的"（"我没什么新话题可说"、"我的生活没意思"、"别人会被吓到的"等）。一直写到你觉得已经全部列出来为止。（5分钟）

> 阅读你列出来的单子，选出对你影响最大的一项。虽然下周你再选的时候可能就不是这一项了，但是，按你**今天**的直觉选吧。（2分钟）

> 想象你在和一位你信任的朋友谈话。用第一人称写一份两到三页的文字，描述你和这个障碍斗争的某个**特定**时间段。要详细描述，例如，你在哪里？你有什么想法？不

第 2 章 谁在乎？以及开始写作的其他思考

> 要把在其他时间段发生的事情都包括进来。（25 分钟）
> ➤ 回到你刚才写的那个故事，重新读一遍，然后把它从第一人称改成第三人称。用其他名字代替其中出现的第一个"我"，然后把其他的"我"改成"他"或者"她"。别重写整个故事——就让它乱吧！（5 分钟）
> ➤ 最后，大声朗读（如果是在写作小组里就默读吧）这个用第三人称叙述的新故事。一边听自己的朗读，一边做和以下话题相关的笔记，或者和同组的成员讨论。（20 分钟）
>
> 你觉得这个叙述者怎么样？你对她是感同身受，还是极不耐烦？你会给她什么建议呢？（这些问题没有标准答案。）
>
> 对于你选择的这个主题，用第一人称和第三人称叙述的时候，你的感觉有没有不同？如果有的话，给你自己写一个备忘：将来，如果你想和自己的写作素材——特别是在创作令人痛苦的故事的时候——拉开一定距离的话，你可以随时转到第三人称。
>
> 时态是不是也有这种能力？试试用现在时态和过去时态写同一个段落。如果你喜欢的话，可以使用同一个故事，看看现在时态是不是能让你和你的读者觉得更接近故事内容。（参看第 6 章中对使用现在时态进行叙述的种种陷阱的讨论。）
>
> 2. 描写一个你过去认识的人，这个人要曾经让你感到你的生活或者你的故事很重要。

31

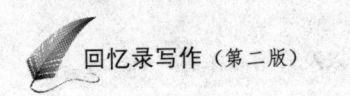

3. 描写一个你过去认识的人，这个人要曾经让你感到你的生活或者你的故事**不**重要。

4. 描写一个人，这个人的故事或者生活给了你启发或者鼓励。

5. 描写你学习某种技能的过程，描写你在完全掌握这种技能之前的各个不同阶段的感觉。

6. 列出让你感到充满热情的话题。你会为之争论的是什么？你会为之思考的是什么？你想要改变的是什么？在你生活里"改变了一切"的是什么事情？你着急要告诉新朋友或者恋人的是什么故事？在你心头萦绕，但是你不愿提及的是什么故事？

第 3 章

寻找形式

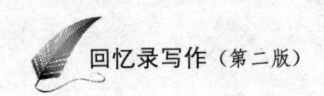

不要错以为讲述自己经历过的故事会比编造想象出的人物的虚构故事更简单。想要写好自己的故事和写好其他东西一样，都不容易。像安妮·迪拉德[①]说过的那样，回忆录和其他所有文学体裁一样，需要你"设计文本"。这种构建的一个重要部分就是为你的故事找到合适的形式——不仅仅是能够承载事实的简单媒介。这个形式必须能够积极地提升内容的表现力，微妙地揭示不同层次的意义，用它自身令人愉悦的结构来完善故事的形态。

回忆录的形式千变万化。芭芭拉·威尔逊[②]长期创作小说，还撰写了回忆录《蓝色窗户》。她注意到，在这个时代，不同回忆录之间的区别比不同小说之间的区别看起来大多了。一些回忆录和散文的联系更紧密，例如保罗·莫内特[③]的《最后一更》；另一些

[①] 安妮·迪拉德（Annie Dillard，1945— ），美国作家。
[②] 芭芭拉·威尔逊（Barbara Wilson，1950— ），美国作家、翻译家，著有《蓝色窗户》(*Blue Windows*)。
[③] 保罗·莫内特（Paul Monette，1945—1995），美国作家、社会活动家，著有《最后一更》(*Last Watch of the Night*)。

回忆录则运用了小说的技巧，读起来更像小说或者多个小故事，例如艾丝美拉达·圣地亚哥①那篇和书一样厚的《我是波多黎各人的岁月》。

南希·梅尔斯在《铭记筋骨的住所》里描述自己书的形式是"支离破碎的散文形式，每个碎片都着重叙述了在我成长为女人的过程中扮演了重要角色的一所或者几所房子"。虽然整本书讲述的是一个故事，但是每一篇散文都独立成篇，又都围绕全书所讲述的故事进行，只是相比传统结构小说的不同章节而言，整体感没有那么强烈，因为在传统结构小说的前后章节中，情节是按一定顺序发展的。

露西·格瑞利②的《脸之自传》也是根据主题组织的，由12篇文章组成，题目包括"爱宠动物园"和"真相与美貌"等，都独立成篇，像梅尔斯的散文一样，这些文章一起组成了一个完整的故事。因为每一篇文章都只集中描写整个话题（格瑞利和下颚癌斗争）的一个方面，所以整本书并不是按严格的时间顺序叙述的。总体来说，读者和格瑞利一同体验她的经历，但在每一个章节中，读者读到的是关于一个特定主题的内容，事情发生的时间跨度——或长或短——会和侧重其他主题的章节所描述的时间跨度相互重叠。

在维维安·戈尼克的《强烈的依恋》中，确切的日期并不重要。有些场景是现在或者最近发生的，叙述者和她的母亲在纽约

---

① 艾丝美拉达·圣地亚哥（Esmeralda Santiago, 1948— ），波多黎各作家、演员，著有《我是波多黎各人的岁月》(*When I Was Puerto Rican*)。

② 露西·格瑞利（Lucy Grealy, 1963—2002），美国诗人、传记作家，著有《脸之自传》(*Autobiography of a Face*)。

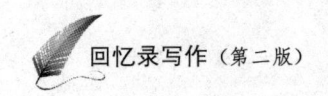

的街道上边走边聊；有些场景则发生在很久之前，是叙述者和她的母亲正在聊的内容。虽然全书在时间中来回穿梭，但戈尼克利用现在时态和过去时态来帮助读者区分不同的时期。在她的书中，事情发生的先后顺序是通过暗示传达的，不像有些回忆录那样仔细地说明每一个场景发生的具体日期。例如，理查德·霍夫曼[①]的《半座房》虽然并不严格按照日期的先后顺序排列，但是每一个章节的题目都是1956—1990年间的一个日期。

如果你正在写的是关于某个特定时期或某个特定地点的事情，同时你也为这个时期或者地点设定了明确的界限，那么你可以依次围绕不同的人物来构建自己的回忆录，特雷莎·乔丹[②]的《骑着白马回家》就是这样。《骑着白马回家》的场景设定在怀俄明州，讲述的是她一家四代人在铁山牧场生活的故事。这个地点本身就限定了范围，需要所有的故事都围绕一个主题——作者现在永远失去了的家庭牧场，以及现在已经基本绝迹的西部牧场生活。"土狼怎样把白妞送回家"之类的章节叙述的是作者自己的记忆，而描述了作者叔祖母的"玛丽"之类的章节则侧重描述其他的人：家庭成员、邻居以及牧场的工人等。当然，在这些叙述当中，也会有乔丹自己的身影，因为她和这些人的关联告诉读者她记住了什么，或者发现了什么。不同的章节侧重的是不同的人物，这些章节一起构成了整个叙事结构。

[①] 理查德·霍夫曼（Richard Hoffman），美国诗人，著有《半座房》（*Half the House*）。
[②] 特雷莎·乔丹（Teresa Jordan, 1955— ），美国作家，著有《骑着白马回家》（*Riding the White Horse Home*）。

第3章 寻找形式

格蕾特尔·埃利希①的《与心相配》的副标题是"被雷电击中的女人的故事",让读者将这部作品作为回忆录来阅读——事实上它也的确是一部回忆录。然而埃利希自己的故事中掺杂了很多其他内容,读起来更像是描写闪电性质的散文。一开始,我们读到的是一段详细描述了个人感官体验的文字:

> 我的眼皮内侧出现了一片金色,透过眼皮,我能看见物体的深色轮廓。我打开山脚下卡车的门,按响喇叭,希望有人能听到。没有人过来。我的头已经肿得不成样子。我想吞咽——我实在太渴了——但是喉咙的肌肉还是不能动弹,我心里暗想,我会不会再也不能呼吸了?

然后,叙述从特写转向了全局。科学事实充足,很容易干扰这样的个人故事叙述,然而,作者的声音常常充满诗意,将整个故事聚拢在一起,提醒读者,作者描述的风暴的起源远比我们以为自己知道的要详细,而这位作者本人被她正在描述的科学现象袭击过:

> 云朵周围稠密的干燥空气被上升气流挤到一旁,于是就和饱和的空气混在一起,源源不断地产生饱含水汽的热空气。这些热空气不断累积,形成向上生长的移动塔楼。一旦这个过程开始,云团就会不断壮大,有时候甚至高达40 000英尺。
>
> 整个夏天,这些宏伟的王国就在怀俄明山上空移动,冷

---

① 格蕾特尔·埃利希(Gretel Ehrlich, 1946—),美国旅行作家、诗人、散文家,著有《与心相配:被雷电击中的女人的故事》(A Match to the Heart: One Woman's Story of Being Struck by Lightning)。

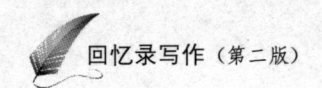

静地列队前进，但这些云团的内部，却是不断变化、混沌无序的各个部分，被一股股气流席卷着，在体积和高度上不断增长，直到碰到平流层的上端。即便如此，有时候它们还会继续上升，这些塔楼穿透了稳定的空气层，直到再也无法上升，才转身缩回自己的阵地。

C.K. 威廉姆斯①的家庭回忆录《疑惧》就像是由一系列短小片段组成的拼贴画，每一个片段都是一段回忆；有的片段用的是斜体字，有的则不是。大多数斜体片段都是作者的思考，在这些片段里，作者从自己的故事中抽离，并以他现在的角度进行叙述。这种非线性的结构让读者更能感觉到这个男人在心头翻来覆去地思索自己的故事，试着弄清个中意义。

回忆录的形式各种各样，这只是很少的一些例子。只要到图书馆或者附近的书店看看，你就能知道回忆录都有什么样的组织形式。写得好的回忆录都值得你去探究它的结构。

有时候，对于你来说，形式或许是故事的载体——比方说，就像一个罐子。你当然希望那是自己做出来的最漂亮的一个罐子，同时，对于它要容纳的东西来说，还有着合适的大小和形态。然而，你不能跑到商店去选一个罐子；在你的素材开始成形的时候，你必须自己制造自己的容器；你必须不断进行加工，随着故事的

---

① C.K. 威廉姆斯（C.K. Williams, 1936—　），美国诗人、批评家、翻译家，著有《疑惧》(*Misgivings*)。

第 3 章 寻找形式

发展来浇铸它，让它在恰当的地方膨胀，在需要的地方变细收口。

而另一些时候，形式又像是由内而生的——更像是骨架或者树干。当你找到了坚实的主干和其他的主要分支，树叶就开始自然而然地成形了。

有时候，一旦你的素材开始塑造自身，关于形式的线索就会显现：文字也许要开始按模式或者节奏出现，而且如果你允许诗意的语言进入你的文章，文字自身的声音就可能帮你找到一种合适的形式。如果你一直保持警觉，很有可能在你需要形式的时候瞧见它的身影：雏形的出现意味着结构的开始，虽然模糊不清，但是你知道，这就是那个合适的载体，可以让你更深入地探索你的故事。

如果在写作的早期甚至在写作开始之前，你就有了关于形式的想法，那你要乐于接受这样一种可能：尽管这种形式可能看起来非常完美，但是它也可能只是让你开始写作的一种形式而已。你必须愿意在后面的过程中去改变它、订正它、修补它或者彻底地推翻它。然而，如果你一开始对于形式没有任何想法，那你必须不顾一切地相信，它迟早会出现。在很长一段时间里，你也许需要或者享受没有形式的自由，但这不会是永远的。

有些回忆录的开头只是写给孩子的信、日记的延伸版本、照片集或者诗歌。我有一篇 7 页的回忆录《诗歌与偏见》①，开始的时候就只是一首叙事诗。这首诗越写越长，却总也满足不了我思考的需要——我需要仔细思索这首诗描述的那些事件。这首诗一

---

① 《诗歌与偏见》（"Poetry and Prejudice"）收录于《塑造我们的故事》（The Stories that Shape Us）。

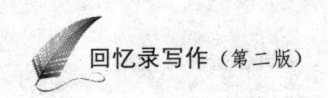

跃而成为一篇文章，终于能让我充分地展开回顾，最后变成了回忆录（虽说最后的版本还是保留了那首诗歌的某些部分，特别是那些重复出现的句子）。不管什么形式，只要能让你把自己的记忆聚拢到一起，就用吧，但是不要误以为这就是最后的形式。在日记本的纸页和回忆录的终稿之间，还有很多工作等着你。

在第1章，我说过，回忆录不是自传，而是你选择描述的生活的一个方面。怎样选择这个方面对于作品能否成功至关重要。你必须知道——不是非要马上知道，而是在某个时刻知道——你真正想写的是什么，这能让你知道你应该舍弃的是什么。如果你不留心，各种无关紧要的细节甚至没有必要的题外话就会赢得你的青睐，不知不觉间，身躯庞大的自传就在你的屏幕或者本子上蔓延开来了。

生活不像小说，有着条理清晰的情节。相反，它一天一天地进行着，不停变换着中心，不同的主题随着时间的推移慢慢展开。在你塑造自己的回忆录时，需要从这个杂乱的包裹中选出特定的事件，才能形成叙事。

愿意舍弃是极其重要的。你可以这么想，对于你来说，你所有的记忆都是相互关联的：它们都是你生活的一部分，所以它们可以构成一个整体。这意味着，你在写回忆录的时候——比如关于你父亲的回忆录——可能需要描写你们俩经常去的餐厅，这餐厅当然也和那位同样喜欢在那儿吃饭、后来又成为你父亲朋友的邻居有关系。但你要想挖掘这位邻居的经历，你的"回忆录作家

第3章 寻找形式

触角"就应该晃动起来。在现实生活和你的记忆中,这位邻居的故事的确和你还有你的父亲都有关联,但是,这位邻居的故事是不是——或者应不应该——和你的回忆录有关联?这看起来像是一个整体,所以要你向这个故事说"不"肯定让你很沮丧。你可能觉得自己在不恰当地简化自己的故事。然而,想要让你的故事在更深层次上和读者产生共鸣,需要你去仔细修剪它。安妮·迪拉德就一直记得自己要省略掉一段在怀俄明州的假期,因为这段假期虽然在她的生命中很重要,但是和《美国童年》①的主题没有直接的关联。

斯蒂芬·斯彭德②在开始写作《世界里的世界》的时候,就在思索他这本书应该采取什么样的形式。他告诉我们,大多数事情都发生在1928—1939年间。他解释说:"除了这十年的事情之外,我只选择了和我自己的故事相关的那些材料,我也不打算再补充背景内容了。"

留心那些词句。如果你用无关的细节弱化了故事本身,你的回忆录就会庞大得比例失调,而且很有可能让你的读者困惑或者恼火。虽然你想要在你的故事中纳入大千世界的各个方面,但是你应该知道界限在哪里。作为故事的作者和主体,你所知道的内容必然远比你能叙述的多。为了让回忆录产生它应有的效果,你总需要砍掉故事的某些部分。

---

① 《美国童年》:*An American Childhood*。
② 斯蒂芬·斯彭德(Stephen Spender, 1909—1995),英国诗人、小说家和散文家,著有《世界里的世界》(*World Within World*)。

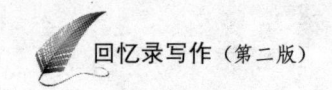

虽然在这本书里，我不断地鼓励你们持续向深处挖掘故事的核心，但并不意味着你们的故事要写成长篇。你们当中有些人可能担心自己的回忆录超出了恰当的篇幅，于是停笔；虽说你的回忆录可能有适宜的篇幅，但是，回忆录本身是无所谓适宜的篇幅的。回忆录可以是任意篇幅的，从一两页到大部头都行。例如，在丹尼丝·莱维托芙[①]的作品集《马赛克：回忆与猜想》中，就有很多非常短的回忆录，有些只是对过去的人或者地点的描写，穿插着成人以后回顾时的推测和思索。

这部作品集里的《园丁》描述的是"老日子"，在作者小时候，"老日子"给她的父母和邻居工作。对于孩子来说，"老日子"脾气很坏，还有点吓人。在这篇非常短的回忆录末尾，已经成人的作者听到以前的老邻居断定"老日子"已经去世了，她心里想：

> 但我更清楚。瘦骨嶙峋，面色暗淡，满头白发，有着灰色的眼睛和非常高大的身材，穿着灰烬和泥土颜色的衣服，他就是一尊反复无常的半神，依然以庄严的姿态在街区四处蹒跚，无影无形地穿过几所房子，给那些封闭的矩形密室带来生命和鲜花、死亡和葬礼。这些密室相互隔开，横亘在它们之间的是砖墙，是山楂树、金链花树和苹果树，是记忆，还有时间。他有时候带着一把铁锹，有时候带着一把镰刀，

[①] 丹尼丝·莱维托芙（Denise Levertov, 1923—1997），美国诗人，著有《马赛克：回忆与猜想》（*Tesserae: Memories & Suppositions*）。

第 3 章 寻找形式

沉默地听着那些他不会服从的命令。他有自己的想法。

在一段很短的文字里，莱维托芙给我们呈现了两个非常不同的视角——一个是儿童的视角，一个是成人的视角——这是回忆录必须具有的一个特征。

在开始写回忆录的时候，你可能不知道要写两页还是两百页。随着你往前推进，叙述的节奏、展开的程度以及话题可能涉及的范围全部都会明朗起来。我开始写的时候也不知道这些文字最终变成了回忆录《救生》①，我以为自己写的是短篇回忆录。直到写了上百页，我才发现，这些文字想要凑在一起成为一本书。回过头看，我很高兴一开始的时候自己并不知道这一点；有的时候——至少对某些特定的主题——我们需要一定程度的无知，才能全心投入。

我奋力想要把最后成为《救生》的那堆故事组成一个有条理的整体。这些故事讲述的是 20 世纪 60 年代我在一个西班牙小镇生活的经历。我的父母在一次海难中去世，不久，十九岁的我搬到了那个西班牙小镇，给一家酿酒厂当导游和翻译。我知道，虽然我的回忆录表面上讲的是另一个截然不同的故事，但是，我对父母去世的反应对于这本书至关重要。悲伤和孤独支撑了我的冒险旅程，却从未得到言说，我需要一种恰当的形式让它们得以

---

① 《救生》：*Lifesaving*。

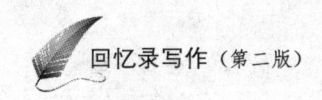

呈现。

然后，正当我为这个困难的任务灰心丧气的时候，我晚上做了一个梦，我觉得那是我得到的一个额外的故事——关于我小时候上过的救生课的故事。早上起来，我把这个梦写成了一个新的章节，虽然它看起来和其他章节格格不入，其他章节的主题和时间都与这个梦截然不同。突然，我意识到我可以把这个新的章节拆散，用斜体的小号字插入其他的故事之间。当时，这个想法的来源似乎无处可寻，但后来我明白过来，我那会儿刚读了詹姆斯·汉密尔顿-佩特森①的《深渊：海洋和海槛》，那本书采用的就是类似的结构，我应该是从那本书得到了帮助——这又是一个例子，告诉我们，阅读总会对我们有所帮助。

我把"救生"分成了只有几个句子的小段落，然后把它们放到各个故事之间。我惊讶地发现，好几个段落都和它们之前或者之后的故事有着直接的联系。我的书找到了它自己的形式——至少暂时如此。然而，我高兴得太早了，这是常有的事。那些来自"救生"的小段落只是一时之需的脚手架：它们暂时将整个结构整合到一起，但最终，随着整体变得更加牢固，它们的使命就完成了。我用它们来加深和扩展相关的章节，之后我意识到，它们包含着最后一章需要的内容。于是，这些碎片又整合在一起，我加了一些新的内容，用"救生"结束了我的故事。

"救生"这一章写成草稿、重写、拆散放到各章之间、又重新放在一起、加入新的材料重写，等这一切完成，我对我的故事又

---

① 詹姆斯·汉密尔顿-佩特森（James Hamilton-Paterson，1941— ），英国诗人、小说家，著有《深渊：海洋和海槛》（*The Great Deep：The Sea and Its Thresholds*）。

第3章 寻找形式

有了更深的理解。这也强迫我一遍又一遍地思考我应该用什么样的方法呈现它，才能让这些经历当中的每个层次、触及的所有美好事物以及包含的复杂感情都得到充分的表达。直到我觉得全书的结构能够有效地呈现出这种效果，《救生》才真正找到了自己的形式。

这里还要说一下结局，这个部分对回忆录作家而言尤其是个挑战。作为一个文字匠人，你希望自己的故事在某种程度上解决了问题——你的读者也有同样的愿望。问题在于，生活通常不是那么按部就班、井井有条的。如果你写的是小说，可能还可以选择用故事情节来提供结论，但是回忆录不允许你操纵事情和角色来创造让人满意的结尾。你的任务是提供一个字面上的终结。要找到这个字面上的终结，你需要审视作品的整体状态，在心里想象作品的样子：各部分是不是稳定和谐？有没有哪个重要的潜在问题需要重新讨论？有没有哪些重复出现的意象可以使用？然后，大声朗读作品的后半部分，试着聆听故事自身想在最后的纸张上留下什么样的文字。

在你寻找合适结论的时候，不要成为"必胜主义规则"的牺牲品。"必胜主义规则"愿意以故事的复杂性为代价换取故事的完满。在生活中，重要的事件不太可能在反思的时候被抛在一边，它的影响在未来的日子里会逐渐显现。不要掩盖了生活的本来面目。

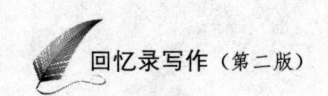

写作建议

1. 写一段非常短（不超过两页）的回忆录，讲述一个你小时候认识的不是你家庭成员的人。要同时包括你小时候的观点和你现在的观点。

2. 选择一个适合较长回忆录的主题，必须是一个贯串你生活的强有力的主题（食物、旅行、你和动物的关系、某种恐惧等）。然后写下开头的两页。通读你写下的文字，想想怎样把你可能要加上的不同情节联系起来、怎样划分这部作品、是按照时间顺序还是其他的顺序来叙述，把这些想法记下来，还要记下关于回忆录可能采用的形式的其他想法。

3. 把精力集中在你和某位家庭成员或者老朋友的关系上，然后：

   ➤ 列出和那个人有关的故事（你们一起去……的旅行；为了……的争论；当……的时候；等等）。
   ➤ 按先后顺序列出你和那个人之间发生重要事件的日期。
   ➤ 画一条曲线来表示随着时间发展你们关系的"高低起伏"，在波峰和波谷用注释标明亲密的、有趣的和困难的时期等。
   ➤ 考虑你该怎样组织描写这一关系的短篇回忆录。
   ➤ 考虑你该怎样组织描写这一关系的长篇回忆录。

第4章

真相：什么、为什么以及怎么样

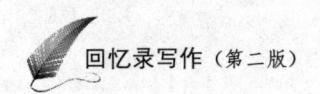

我们在写回忆录的时候，经常发现自己频繁地叩问真相。什么是真相？人们怎样才能知道真相？玛丽·布鲁写道："就我自己来说，故事的确切真相和我感受到的情感真相是相互矛盾的，我花了不少时间在它们之间做出抉择。"

虽然事实真相和情感真相对于回忆录来说都很重要，但是有时候，就像布鲁说的，它们是不一致的。如果你做过很多的研究调查，可能发现在你记忆里存在了二十年的故事根本不是真的，因为日期对不上，或者某个人在另外一个人出现之前已经离开了。直到最近我还不喜欢做研究，这可能就是为什么我会选择写那些基本依靠记忆创作的回忆录。

然而，不是所有的回忆录作家都和我一样。有些人在开始写故事之前做了大量的调查研究。伊恩·弗雷泽[①]在着手写《家》之前，花了两年半的时间研究美国新教文化和天使蛋糕的做法之类

---

① 伊恩·弗雷泽（Ian Frazier，1951— ），美国作家、幽默大师，著有《家》(Family)。

第4章 真相：什么、为什么以及怎么样

的东西。艾琳·辛普森①在写《青年诗人》之前，研究了大量的通信记录，其中包括六百多封写给姐姐的信。

即使你像我一样觉得做研究很无聊，也要做好准备查一下某些特定的事实。我现在也不得不去查证一些事情，好让我的回忆录更加精确。弄错一些大家都知道的事实是很尴尬的，例如肯尼迪遇刺的日期、某一年温网决赛的参赛选手、从巴塞罗那开车到直布罗陀是往东南方向走还是往西南方向走——最后这个错误我直到最后一刻才发现，那时书马上就开印了。如果你的故事涉及这些家喻户晓的事情，而且还把它们弄错了，那你会收到好几十封信，告诉你你的作品有多马虎。相反，只有那么几个人可能会费心告诉你米里亚姆阿姨是在缅因的暑假之前而不是之后怀孕的。

除了这些涉及公共记录的事情，试着别去担心其他人会对你的故事有着不一样的回忆。记住威廉·斯塔福德②的建议，适用于所有类型的优秀回忆录的创作："要给你的回忆录做研究，对象就是你的整个生活——专家只有一个：你自己。就你正在创作的文字而言，再没有其他的权威了。"

因为记忆是个人色彩浓重且富于变化的，所以，你自己也可能在不同的时候对同一件事有不同的记忆。约翰·丹尼尔③是《照料》的作者，这份回忆录讲的是他照顾妈妈的经历，他妈妈因为阿尔茨海默症逐渐失忆。阅读了最近关于记忆的研究之后，他总结道："这是一个几乎无限复杂的体系，似乎就是为修改和复制而

---

① 艾琳·辛普森（Eileen Simpson），美国诗人约翰·贝里曼（John Berryman，1914—1972）的首任妻子，著有《青年诗人》（Poets in Their Youth）。
② 威廉·斯塔福德（William Stafford，1914—1993），美国诗人、和平主义者。
③ 约翰·丹尼尔（John Daniel），美国诗人、散文家，著有《照料》（Looking After）。

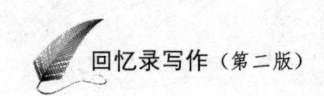

设计的，修改的出现是毫无疑问的。"来自不同经历的细节编织在一起，让回忆者以为这些事情是同时发生的。一件事情实际发生的年份、季节或者时段移植到了另一件事情上面。许多细节丢失了，迎合的是身处此时的这个自我，而不是二十或者四十年前这件事情发生时候的那个自我。而且，即便是新鲜的记忆、"原始的"记忆，从纪实的角度来说，也是不可靠的……简单地说，记忆不是对过去的记录，而是一段不断展开的迷思，人们在当中理解了随着外部世界旋转的精神世界。

如果说记忆对故事的"修改"是无意识的，那作者有时候为了表达清楚而对次要细节进行调整就是有意识的。我有时候为了叙述的清晰性，也会把事情重新排序。我会把我没有逐字记清的对话写个大概。我还常常去掉一些事情，因为它们让故事变得太复杂，让陌生人难以理解。在享受这种自由的同时，我也在重新排列事情、重新创造对话的时候，尽量紧紧抓住交流的实质。毕竟，回忆录应该是真实的故事（尽可能准确地呈现实际经历的故事）；你对读者负有这样的责任。

也许，作为回忆录作者，我们需要接受这样一种可能性：相比生活，回忆录已经失去了绝对的真相。安娜·艾哈迈托娃[①]说过，每一个创作回忆录的尝试都等同于一次篡改。所以，我们的任务也许就是决定每一个故事的品节所在——这个故事的诚信之心在哪里，同时还要对我们记忆中的事情有足够的尊重。

在这儿提醒一句。一旦你把记得的那些事情写成回忆录，它们在你记忆里的原本模样就再也回不来了。多年来，我一直担心，

---

① 安娜·艾哈迈托娃（Anna Akhmatova, 1889—1966），俄罗斯现代派诗人。

第4章 真相：什么、为什么以及怎么样

如果我把我的生活都变成了文学，我就不再拥有任何真实的生活——我有的只是关于它的许多故事。我再也不能确定我父母去世后，二十岁的我活在西班牙是什么感觉；关于那段经历的书现在横亘在我和我的记忆之间。每当我试着回想那段时间发生的事情，在我心头赫然出现的总是我创作的文字。

我们可能一致认同的一件事情是，真相，不管我们怎么定义它，通常都是很难言说的。我们可能对故事的事实情况难以启齿，也有可能对我们的情感真相难以启齿。首先，足够接近真相以便将其写出来的行为本身就给我们造成痛苦。然后，我们又会遇到随着出版发行接踵而来的各种担忧：当我们想要说出一些我们觉得人们想让我们保密的事情时，我们就要面临——或者相信我们要面临——许多后果，自我暴露、武力或者感情报复、失业、失去隐私、引起尴尬、引起烦恼、社会排斥、失去朋友或者家人等，这些只是可能的后果当中的一小部分而已。

有时候，这些担忧是表述清晰的语言威胁："你不能写**那件事情**，那会害死你妈妈的"，或者，"如果你写了那个故事，你就再也别想踏进我的家门"。我们常常听说，保持沉默是一种忠诚，而说出实情则是对家庭、对同僚、对朋友、对单位、对国家的背叛。这些事情不需要别人告诉我们。我们本来就**知道**。我们早就知道会有扬起的眉毛，会有远去的背影，会有各种流言。我们知道对我们的期待，知道需要做什么才能得到赞同。女人尤其知道，别人指望她们保持和谐、化解冲突、不快和忧愁，永远都友善待人。

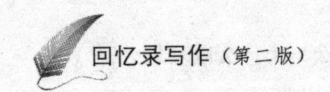

弗吉尼亚·伍尔芙1931年写《女人的职业》的时候就明白了这种对女性的要求，这种要求即便在今天听来也没有显得特别过时。为了讲出真相、表达自己的真实想法，伍尔芙不得不和这种幽灵斗争。伍尔芙描写了这种幽灵，并且把它叫作"屋子里的天使"。

我会尽可能简短地描绘她。她富有同情心。她无限迷人。她完全不自私。她擅长持家。她每天都在牺牲自己。如果餐桌上有一只鸡，她吃的是鸡爪；如果屋里有风，她就坐在那儿挡着——总之，她生来如此，从来没有自己的情绪，没有自己的愿望，只能体谅他人的情绪和愿望……写作伊始，我就遇到了这样的天使。她翅膀的影子落在我的书稿上；我听到她的裙子在房间里沙沙作响。

尽管伍尔芙的解决方法在我们听来可能有点极端，不过也许极端的情况的确需要极端的解决方法。

我转过身去，扼住她的喉咙。我用尽全力掐死她。如果我被押上法庭，我的理由是：我在进行正当防卫。如果我不把她杀死，她就要把我杀死。她会挖出我作品的心脏。

凯思林·诺里斯[①]的回忆录《达科他》写成的时间离我们近得多。她在回忆录里描述了在西部的偏远小镇，人们常常改写那些地方的历史，按他们**希望**事情发生的样子而不是事情的**实际情形**来记录历史。他们小心翼翼地确保写下的历史不会冒犯拓荒者的后人，他们删去了当中的暴力和苦难，希望呈现出一个更加浪漫

---

① 凯思林·诺里斯（Kathleen Norris，1947— ），美国诗人、散文家，著有《达科他》（*Dakota*）。

第 4 章 真相：什么、为什么以及怎么样

的版本。诺里斯说，这种态度也蔓延到了现在："如果我们能让往事显得和谐，为什么不让当下的事情也显得和谐呢？为什么要冒险讨论那些可能引起不快的事情？"

大多数人从属的团体需要他们保持忠诚。不管这个团体是家庭还是范围更广的一个圈子，说出真相几乎总是会触犯那些众人墨守的规则、打破团体成员希望你保持的团结。艾丽斯·沃克[①]的《紫色》只是一部小说，不是回忆录，但其中含有黑人男性对黑人女性施暴的描写，真实可信。这部小说出版后，沃克对黑人团体的忠诚度受到了质疑，她还受到了公开的攻击。沃克最近写了一部回忆录，集中描述了将这部作品拍成电影的过程，其中写道："他们说我仇恨男性，尤其是黑人男性；说我的作品是对黑人男性和女性关系的诽谤；说我呼唤平等和容忍的观念对黑人社区是有害的，甚至是毁灭性的。"

回忆录写作让诺里斯常常自问：为什么要冒风险引起别人的不快？事实是，引发种种"不快"的不光是你自己故意的揭露——你想要引起反响而说出的事情，比如涉及虐待的家庭秘密、一段失败关系**在你眼中**的样子，或者你那位消失了的朋友经历了怎样的事情——还可能是一些相对而言无伤大雅的故事。即便是一个欢乐的故事都可能激怒对此看法不同的人。如果你有兄弟姐

[①] 艾丽斯·沃克（Alice Walker，1944— ），美国小说家、诗人，著有《紫色》(*The Color Purple*)。

妹，你大概就已经知道，你们每个人对于你们共同经历的往事都有自己的一个版本。谁是最受宠的小孩？你们的父亲为什么离开？家里有几个孩子，这些问题就有几个答案。不管你讲的是什么故事，总有不想被你提起的人、应该被你提起的人，或者觉得你全都弄错了的人。

所以，究竟为什么要冒这个险去引起不快呢？如果你已经在很认真地写回忆录，你大概就已经知道答案了。可能因为某些对你和你的生活而言相对特殊的原因，你**需要**讲出真相。然而，即使你的动力是你的个人需要，遇到困难的时候，记住这一点可能对你有所帮助：其他人也需要你讲出真相。有时候，祈求你保守家庭秘密的人恰恰就是最需要你讲出这些秘密的人。

还请记住，那些你从来也不会遇见的读者会给你写信，谢谢你的坦诚。我们大多数人都能说出一两本改变了我们生活的书。这些书之所以产生影响，通常是因为它们说出了我们从没听别人说过的事情，或者因为它们对重要话题的处理方法帮助我们思考，最终使我们也能说出或者写下关于这个话题的想法。不管那些真相是否和我们自己的经历相似，它们都维系了我们和我们的文化。

我们从他人的故事中得到教益，这也许是回忆录的一份大礼。在最好的情况下，回忆录提供的不仅是写作上乘的文章，更是来自作者亲身经历的故事。让我们觉得回忆里极富吸引力的是弗恩·库普弗所称的"真相权威"。我们见到回忆录作者努力找寻自己生命的意义，不管我们的境况差别多大，我们都能找出与作者的共鸣，感到在世上的孤单又少了一点。这种共通的人性是文化中重要的一面。虽然回忆录的作者各不相同，展示出人们看待世界的多重方法，但我们相信回忆录是真实的故事，就这个角度而

第 4 章 真相：什么、为什么以及怎么样

言，回忆录提供的是直接的分享渠道。艾丽斯·沃克在《两次跨入同一条河流》①中，提到了这一点（她在文中描述的是神学家霍华德·瑟曼②）：

> 他说，如果你对自身的探索足够深刻，深入到自己的习惯用语里，那么，你往往会发现你找到的是别人。我们有能力和每一个人、每一样东西建立联系，实际上，我们都是相互关联的……当我描写我的家庭、描写南部的事物时，中国人会说："嘿，这是中国风啊。"

尽管你可能深信人们需要真相，你还是可能遇到一些人们觉得不宜触碰因而已然成为禁忌的话题。克服你自己的抑制心理只是对付这些怪物的第一步。它们还会给写作本身的语气和风格带来特殊的难题。大多数禁忌的话题都是令人痛苦的：童年遭受的虐待、性暴力、酗酒、某种心理或者生理疾病——这个单子很长，而且大家也都心知肚明。这些话题不仅对你——作者——而言是难题，对读者而言也是难题，无论他有没有亲身经历过类似的事情。虽然你的故事可能对你的读者来说是宝贵的礼物，但也可能是他们不愿意靠近的话题。因此，你必须问自己，怎样才能在不损害真相的前提下，让自己的文字吸引读者。

---

① 《两次跨入同一条河流》：*The Same River Twice*。
② 霍华德·瑟曼（Howard Thurman，1899—1981），非裔美国作家、哲学家、神学家、教育家。

禁忌

禁忌（taboo，tabu）：名词。1. 因某物恐怖或神圣而不允许使用、靠近或者提及的禁律。2. 由社会习惯附加于某物的禁令。（《美国传统英语字典》）

《牛津通用字典》给出了"禁忌"的附加特性：禁忌，形容词，原用于波利尼西亚、美拉尼西亚、新西兰等地。意为：为特殊用途或目的而单独存放或作为祭品供奉；仅限用于神、国王、祭司或酋长，禁止用于一般用途；禁止特定群体（尤其是女性）或者特定的一个或几个人使用。

当我们因为写作"困难的"材料而奋斗时，想想 taboo 这个词的原意可能会有帮助。这个词最早的形式是 tabu，是汤加语词汇，表示"神圣的"。如果我们把最难写、最忌讳的话题当作神圣的话题来看待，那么也许我们在道出真相——包括被"社会风俗"禁止或者"严禁通用"的那些——的重要工作中，能够得到鼓励。

有时候作家会运用幽默手法。这是吸引读者的好办法，但如果是个严肃的话题，就很难做到了。有些作品实现了严肃真相和幽默的强大融合，朱迪·鲁伊斯[①]的《橙子和甜美姐姐男孩》就是一个上佳的例子。开头是这么写的："电话铃响起时，我正在睡

---

① 朱迪·鲁伊斯（Judy Ruiz），美国作家，著有《橙子和甜美姐姐男孩》（*Oranges and Sweet Sister Boy*）。

第4章 真相：什么、为什么以及怎么样

觉，香着呢。打电话的是我哥哥，他是要告诉我，他现在是我姐姐了。"这部回忆录涉及的不仅仅是作者哥哥的变性手术，还有她自己十八岁时因为偏执型精神分裂症被精神病院收容的经历。这些都不是轻松的话题，然而，鲁伊斯设法不时地插入黑色幽默，好让作品不至于停滞不前，也使读者免于遭受精神病院的恐怖和她哥哥的痛苦带来的折磨。例如，当看到她把变性叫作"布雷德问题"① 时，我们就知道她不是认真的：

新闻可以让人变得愚蠢。它让你觉得自己可以成就些什么事情。所以我就问了那个"布雷德问题"，想着如果他还没做手术，我就飞去找他，在普吉特海滩租个小屋。然后我们可以谈谈。然后我就可以让他面对现实了。

"从橙子开始吧。"我会这么告诉他。

不管你是不是运用幽默来对付棘手的话题，写作的**语气**都是最重要的。就我个人而言，只要我对作者有着基本的信任和尊重，我基本上就可以阅读讨论任何话题的作品。那个声音必须具有威严。但除了威严，我还得知道，作者还好好的。如果她在描述自杀企图、保姆对她的残酷行为或者极端孤独的一段经历，我需要知道作者——不是熬过了那段经历的故事主角——还掌控着故事的叙述。正如南希·梅尔斯所写的，"从文学的视角看，遭遇一段非常不堪的经历（或者有过一段非常美好的经历），然后继续生活，把故事讲出来，这些是不够的……疾病、残缺和死亡不能也不会

---

① "布雷德问题"，英语为"the Blade question"，blade 原意为"叶片"、"刀片"，在美式英语中又可指男同性恋。

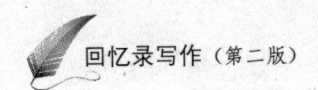

使作品免受严格审美判断的评价。"或者像 V. S. 普里切特①所说的:"一切都在艺术中。活着不是你的荣誉。"

> ## 语气
>
> 语气是声音中可以改变的一个方面。声音总是作者的思考,而语气则可能某一天是愤怒的,另一天是嘲讽的。语气表明作者对于她正在描写的东西所持的态度。语气,从某种程度上讲,是通过词汇选择来创造的。例如,帕特里夏·汉普尔的回忆录的开头部分(参见第 8 章),"行话"和"封地"这两个词汇的使用就帮助建立起了语气。

类似作品的语气可能是严肃的、嘲讽的、愤怒的、悲伤的,或者除了抱怨之外的任何语气。当中不能有隐含的求助信息,不能有寻求同情的微妙气息。作者必须已经做足了功课,可以平静地面对事实,现在只是为了故事本身而讲述。虽然写作可能偶然成为她疗伤过程中的又一进步,但是不能把疗伤作为自己的明显动机:文学创作不是治疗。她应该首先忠诚于故事的讲述,而我,作为读者,必须感受到是把自己交给了能胜任这个角色的作者,除了我的注意力,她对我别无所求。

我需要有足够的信心,知道作者不是在利用我来提高自己或者家庭的地位,也不是故意给我呈现她过去经历的"升级版"。许

---

① V. S. 普里切特(V. S. Pritchett, 1900—1997),英国作家、评论家。

第4章 真相：什么、为什么以及怎么样

多作品都能避开这个陷阱，洛娜·塞奇①的《嫌隙》就是一个很好的例子。

我还需要足够的信任，肯定作者不是在利用我去报复故事中的某个人物。如果她羞辱"敌人"的愿望比记录有意义的故事的承诺更加强烈，她的语气肯定能反映她的动机，那么，我肯定不会继续读她的作品了。另一方面，当读者能察觉到愤怒是合乎情理的时候，作者就不需要伪装或者淡化自己的愤怒。保罗·莫内特的回忆录《成人之道：半生纪实》②是一部赢得了国家图书奖的作品，讲述的是作者作为同性恋的成长过程。作品开头，保罗·莫内特运用的就是被一些读者称作谩骂的词句。冷酷无情的话语、苦涩的怨恨还有嘲讽挑战着读者的神经，让读者进入令人难受的话题，同时却没要求读者分担这种愤怒，也没向读者乞求同情：

> 在这里，我只为我自己发声，因为我不想让与我一样的男女承受这种沉重，这种沉重来自我的内在放逐，把自己困在自我憎恨、无路可出的空间里。现在我明白了我们所有人都陷在同样的囚牢中。我们用腐朽的伪装假装我们和他们一模一样。我们强烈的情感被极力压制，直到我们变成了一群阉人，我们舒适的自我空间则落入敌手。最重要的是，我们没有发声的权利，而是要学会如何冒充异性恋。最终，这世界得到了一个整洁的房间和里面顺从的奴隶。

---

① 洛娜·塞奇（Lorna Sage, 1943—2001），英国文学评论家、作家，著有《嫌隙》(*Bad Blood*)。
② 《成人之道：半生纪实》：*Becoming a Man：Half a Life Story*。

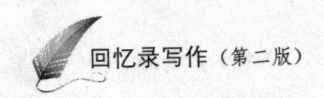

别因为你记忆中的伤痛如此清晰,而且起初可能就是这些伤痛促使你开始写下你的故事,就急着认定你的故事会浓墨重彩地描写这些创伤。有些人只记得童年的伤心事,但是回忆录的创作却唤醒了他们可能早已忘却的许多快乐的记忆,吉尔·克尔·康韦[①]在写《库伦来时路》的时候就是这样。许多故事的核心是生活中的重大损失,例如劳拉·坎宁安[②]的《睡眠安排》或者珍妮·迪斯基[③]的《滑冰到南极》,然而当中还是含有幽默和嘲讽的成分。当然了,还有些回忆录是根本不涉及任何伤痛的。芭芭拉·德雷克的《心中宁静:俄勒冈乡村生活》[④] 封面上有一句准确的说明:"对快乐的真实描述。"

有时候,回忆录在某种程度上讲述的是作者对过去的研究思考,或者对过去的想象再现。家庭故事可能会涉及你未曾谋面的先人;对主要角色具有重要影响的人的经历也会对个人经历产生影响。只要读者能够理解,这些是你的探索和猜测,或者是你拼凑起来的历史,你虽然不在其中却深受影响,你的故事就能保持原有的个人声音和回忆录的诚恳语气。在写作回忆录时,你需要

[①] 吉尔·克尔·康韦(Jill Ker Conway, 1934—),澳大利亚裔美国作家,著有《库伦来时路》(*The Road from Coorain*)。

[②] 劳拉·坎宁安(Laura Cunningham),美国回忆录作家,著有《睡眠安排》(*Sleeping Arrangements*)。

[③] 珍妮·迪斯基(Jenny Diski, 1947—),英国作家,著有《滑冰到南极》(*Skating to Antarctica*)。

[④] 《心中宁静:俄勒冈乡村生活》:*Peace at Heart: An Oregon Country Life*。

第4章 真相：什么、为什么以及怎么样

注意不要在某些地方彻底转变成另一个人的声音，以免你的个人立场变得太过模糊。

彼得·巴拉基安[①]的《命运的黑狗》讲述的是美籍亚美尼亚人的成长经历，他对自己的家庭历史一无所知。书中包含了他对种族大屠杀的研究调查，正是这场屠杀让他的祖父母逃到了美国。巴拉基安在书中引用了他为了解先人的历史而阅读的书籍，加入了和他祖母有关的真实档案的复制内容。

弗格斯·布迪维奇[②]的《我母亲的幽灵》也包含了研究调查。他在书中描写了他十四岁时母亲的离世，以及其后多年他的生活受到的影响，之后在故事中讲述了他的研究，找出他的母亲曾经是一个怎样的人，由此用成人经过深入研究的描绘来取代儿时的视角。

这两本书中，超出作者经历的部分都占有不少篇幅，但都能完好地融入回忆录，成为回忆录本来组成部分涉及的情感历程。不过，如果没有强有力的框架和始终一致的声音，想要从这种阐释性较强的文字中自如进出则非常困难。

讲出你的真相——那些痛苦的，那些欢乐的，还有介于两者之间的——是让作品成功的重要因素。在写作的**过程**中给你带来欢乐的也是这种对真相的讲述。大多数开垦、照料花园的人都需

[①] 彼得·巴拉基安（Peter Balakian, 1951— ），美国作家，著有《命运的黑狗》（*Black Dog of Fate*）。

[②] 弗格斯·布迪维奇（Fergus Bordewich, 1947— ），美国作家、历史学家、编辑，著有《我母亲的幽灵》（*My Mother's Ghost*）。

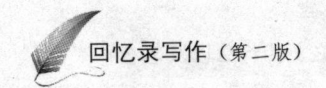

要花费时间跪在地上拔野草,这样做不仅仅是为了得到一个完美的结果——让人惊叹的美丽花朵。他们钻研园艺书籍、订购鳞茎、给无精打采的灌木丛浇水、排列石板铺出一条漂亮的小路,只是因为他们享受**动手**的乐趣。所以,你的写作也是一样。你想看到自己的文字成长,想发现自己每天的作品都有所收获,想知道你现在在纸上的表现比三年之前更好。如果你回避真相,这些事情则统统不会发生。你的读者将看到你的一举一动,你自己也会。你寻求的那些奖励是和勇气如影随形的:你愿意冒险("为什么要冒险讨论那些可能引起不快的事情?"),你就能体会到成为更好作家的满足感。

在这儿我还得说一句,真相本身并不能让作品成为好作品。你可能像我一样,读过一些作品,真实得痛苦,但却很无聊,读来让人尴尬或者烦恼。而且你可能听说,这些作品的作者在受到温和的批评时,愤愤不平地给自己辩护:"但这就是**真相**啊。"似乎光是真相就能保证让作品出色。如果作者的兴趣在于用文字羞辱她过去认识的人,而不是致力于让自己的故事有个合适的形式,无法超越自己复仇的愿望,那么再多的事实真相也无法拯救这部作品。可以用直接的悲伤触碰读者的心灵或者让读者在瞬间的认同中振奋精神的,是真相和艺术的独特融合——这种融合可能需要多年的练习才能做到。

前面我已经鼓励过你去直面自己的个人历史以及你眼中的真相,现在,我想鼓励你去思考你要选择在这个世上公开什么事情。

第4章 真相：什么、为什么以及怎么样

你享有的言论自由意味着你拥有选择权，同时也意味着你需要在恰当的时候停下来，考虑你为什么选择与人分享这些想法、故事和文字。

我相信，作为作者，我们的目的一定不只是自我表达，我们的动力也不仅是来自对作家生活的浪漫想法。我们诉说自己故事的同时，也参与了文化的构建。像诗人伊丽莎白·伍迪[①]曾说的："我们的文字创造了世界。"

我们对待这些选择的方法不尽相同：比如，你可能觉得形象地呈现小时候受虐的细节、指出施暴者很重要，而我则可能选择重点描写受到虐待之前发生的故事。一个作家可能觉得在这个历史时刻唯一值得记录的是那些疗伤故事，而另一个作家选择记录的可能是自然世界。我们有些人根据故事是让人们欢笑还是落泪来判断它是否值得记录，另一些人则根据故事是否能让人们思考或者是否能为社会变革提供力量来判断。最重要的不是我们想法是否一致，而是我们每个人都能思考是什么值得我们去贡献力量，使我们都能做出清醒的选择。

托妮·凯德·班巴拉[②]曾写道："看到文字丑陋怪异，我就高兴不起来。如果我工作的时候没有在笑，我的结论就是我没有传递有营养的信息，因为笑声是我知道的最屡试不爽的修补剂。"厄休拉·K·勒吉恩[③]对不同的痛苦话题区别对待：一类是"沉溺

[①] 伊丽莎白·伍迪（Elizabeth Woody, 1959— ），美国艺术家、作家、教育家。

[②] 托妮·凯德·班巴拉（Toni Cade Bambara, 1939—1995），非裔美国作家、社会活动家。

[③] 厄休拉·K·勒吉恩（Ursula K. Le Guin, 1929— ），美国小说家。

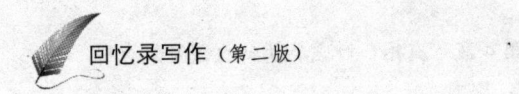

型",她会把内容写下来,但是不与他人分享;一类是"见证型",她会与人分享。安德烈亚·卡莱尔通过用难题拷问自己来区分某一类内容是不是适合公之于众:"我是不是有所企图?是不是想让读者为我感到难过,让他们喜欢我,或者让他们感到和我一样忧伤?还是只是给了他们一个想要被阅读和感受的作品,除此之外别无所求?"

　　这些作家都不能给你一个答案,但是她们每一个人都严肃思考了自己在创造共同文化当中的贡献。我鼓励你们也去做同样的事情。坚守你自己的真相,牢记你有着讲述它们的自由,也有着你不能忽视的对读者的责任。

第4章 真相：什么、为什么以及怎么样

写作建议

1. 想出一件事情，有一个或者几个人可能和你对这件事情的看法不同。用以下这个句子作为开头讲述这个故事："在我眼中，这件事是这样的……"

2. 凯思林·诺里斯在《达科他》里有一章题目叫作"你能说出小镇的真相吗?"，想出一个类似的题目，用其他的群体来替代"小镇"，例如"我的家庭"、"这个街区"、"我工作的医院"、"同性恋团体"、"军营"、"课堂"、"华盛顿特区"，或者你想到的其他词。就这个话题进行创作，要确保文字只有自己能看到。

3. 列出所有你觉得自己忌讳的事情。思考在所列出的事情里面，有哪些是你可以开始写的。

4. 用"讨论……太危险了"作为开头，写一篇回忆录。

5. 讲述一件你生活里让自己骄傲的事情（不要说得太简单，也不要太谦虚）。

6. 生动地描写一个你生活中经历的性爱场景。要具体、突出感官体验，并且清晰。尽量避免使用隐喻或者套话。

第5章

场景描写、概述和思考

回忆录写作（第二版）

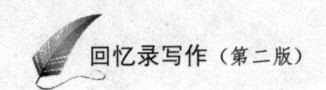

　　写回忆录的时候，你会发现自己是在讲故事。有时候整部回忆录就是一个故事，中间穿插着叙述者的评论；有时候回忆录有一个主题，由许多不同的故事加以说明。不管你的回忆录采取什么结构，你都需要采用某些小说写作的技巧来充分利用故事成分。场景描写和概述是推进故事的两种重要途径。而被我称作"思考"的方法是另外一种途径，在小说中偶有出现，但对于回忆录来说，则必不可缺。我注意到，许多新手作家只会使用概述，而把场景描写和对话放在一旁；对其他文学体裁已有一定经验的作家则通常对思考抱有疑虑，因为他们早已深受"展示，不要讲述"学派的熏染了。

　　要理解场景描写和概述，一个方法就是用电影术语来思考：概述就是远景——镜头逐渐往后移到很远的地方，首先拍到整个屋子，然后是街道，然后是整个街区，再接着变成航拍镜头，拍到的是整个城市，或许还有周围的山。这个视角能够囊括数不胜数的细节，但全部都是远距离拍摄的，没有任何一个细节显得格外重要。

第5章 场景描写、概述和思考

而场景描写则更像特写，镜头从厨房的窗户开始拉近画面，拍到在桌旁聊天的两个身影，接着镜头继续拉近，拍到第一个人的脸，然后是另一个人的脸，同时观众能听到他们说话的声音。厨房的许多其他细节在这个镜头里都没有体现：也许第一个人身后餐柜上的蓝色水罐只是隐约可辨，可能黄色的墙和开着的门都只是模糊一片。然而，在这个场景中，说话的人和他们所带来的内容才是重点。只有这些被选中的细节得到了强烈的聚焦。

再用文学的视角看待，这两种方法代表的是不同的叙述节奏。如果我们想用几个段落来叙述很长时间内发生的事情，就用概述；它让我们能从一个场景的末尾过渡到一年之后的另一个场景，交代了其间的重要信息，让故事得以延续。

相比之下，场景描写涉及的时间要短得多；我们放慢了叙述的节奏，更接近这个场景在生活中实际发生的速度。因为作者是近距离描写，也因为没有必要将很长时间内发生的事情都压缩在很短的篇幅内，作者可以给出确切的对话内容，描写说话人的表情、反应和动作，还有周围环境的声音、景象、气味等。她可能进入某个角色的思想，告诉我们在对话里没有表达出来的想法。她可能相当详细地描写某个角色的面部表情。在特写镜头里，她选择了自己想要渲染的细节。

当你开始在场景描写之间插入概述时，注意不要过分依赖场景描写来给读者提供有趣的文字。概述也可以给读者提供丰富、感性的细节，它并不仅仅是在不同场景之间切换的手段。下面这个选段来自艾丝美拉达·圣地亚哥的《我是波多黎各人的岁月》，向我们展现了概述也可以很吸引人：

69

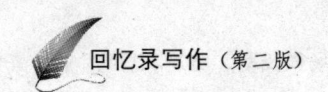

我开始上学的时候，刚好是飓风季节的中间，整个世界突然变大了，空间广阔，其他的成年人和孩子们过着类似的生活，他们影影绰绰的愁容是我不能去深入探究的，这是因为"尊严"。尊严是你给予别人、他们又回赠给你的东西。它意味着你从来不咒骂别人，从来不在陌生人面前发怒，从来没有盯着你刚刚认识的人看或者与他们靠得太近，从来不在未经别人允许的情况下用不拘礼节的"你"来称呼人……

在学校里，我自愿擦黑板、削铅笔，帮助分发条格纸。我们可以在纸上写下歪歪扭扭的字母，在 n 上面加上神秘的波浪符，让它变成 ñ，还有 ü。我喜欢一张接一张整整齐齐排成一排的桌子、脓水冒出来前痘痘亮闪闪的尖儿，还有掀起桌面发现一个大盒子的那种激动——里面放着我的识字课本、作业纸，还有我小心保护的铅笔头，它们就是我心里最好的写字工具。

我穿着黄绿相间的校服，满是自豪地从学校走回家。这套校服是最让我骄傲的财产了，它是我们房子里唯一一件只属于我的东西，因为德尔萨和诺尔玛都还不到上学的年纪。

学校还是我会拿来和自己的家庭以及住在市郊的其他家庭相比的一个地方。我知道，有的孩子父亲是酒鬼，母亲是"坏女人"，姐姐和导游私奔，哥哥进了监狱。我也遇到过那样的孩子，他们的妈妈一路从家里跪到教堂，因为祈祷得到了回应而心存感激；他们的爸爸每天回家，在尘土飞扬的前院和他们玩传球。女孩的姐姐教她们在亚麻手绢上绣花。男孩的哥哥牵着他们的手，带他们爬树。市郊一些家庭的房子里有自来水，每个房间的屋顶都亮着灯，窗户上挂着窗帘，

第5章 场景描写、概述和思考

地板上铺着印花地毯。

这个部分后面还有一页多的内容，概括了很长一段时间内发生的事情，只在叙述者"开始上学"的时候点明了时间。读到"我……从学校走回家"或者"我也遇到过那样的孩子"之类句子中间的动词时，我们知道叙述者并不是想表达她在某一天从学校走回家，也不意味着她上学的第一天见到了那些孩子。因为这是概述，而不是场景描写，动词所指的是一系列持续的动作。虽然这段概述给出了很多有意思的细节，也运用了"痘痘亮闪闪的尖儿"之类生动的形象，但是它没有场景描写，场景描写是需要作者从这一个时间段中挑出特定的一天来集中描写的。

场景描写通常从明确的时间点开始，例如"春季的一天"、"星期四的下午"、"三个星期之后"或者"五点整"。以下是圣地亚哥回忆录的另一段开头。你可以比较一下这段带有具体时间点和特写的场景描写和之前那个概述的例子。

星期天早上吃早饭之前，奶奶递给我一条连衣裙，已经洗好熨好了。

"我们要去做弥撒。"她一边说着，一边抽出一条白色的小头纱，平常祷告的时候我就戴着它。

"我们可以先吃早饭吗，奶奶？我饿了。"

"不行。去教堂之前不许吃东西。别问为什么。太复杂了。"

我穿好衣服，梳好头发，她帮我把头纱别在头顶。

"从家里到那儿再回来，"她说，"一路上你心里只能有好的想法，因为我们去的是上帝的房子。"

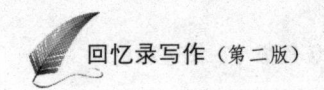

我从来没有去过教堂，也从来没想过要把自己的想法分成好想法和坏想法。但当奶奶说出那句话的时候，我就知道她是什么意思，也知道从家到教堂再回来的路上，我心里有的肯定只是坏想法了。

这个选段和之前的那个例子不同，这是一段场景描写，"我穿好衣服"和"梳好头发"指的是**在特定的某一天**发生的动作。

你还会注意到，场景描写和之前的那段概述不一样，场景描写里有对话——实际上，叙述者和奶奶的交谈让读者近距离观察了人物活动，让两个角色成了关注的焦点，对话发挥了重要的作用。要想写出好的场景描写，你就必须奋力写好对话，这不仅要求你仔细倾听人们实际的对话，还要求你在人们说的所有话中做出明智的选择。有的学生写的对话遭到了批评，有时候就会抗议："可当时他们就是这么说的啊！"我并不怀疑这些对话的真实性。然而，真实生活的完整文字记录不一定就能让你写出吸引人的故事，就像你从窗口拍的一张照片不一定就能很好地呈现你周围的环境。在这两种情况下，都需要你做出选择：观察者应该站得多近；谁或者什么东西应该是焦点；应该去掉什么；还有很多关于美学意义的问题，这些问题的答案决定了最终呈现的场景令人喜悦和感动的程度。

至于怎样让你的对话真实可信，最好的测试方法就是一边写一边大声朗读，一遍一遍修改的时候，也要大声读出来。别使用提示语来增添趣味。有时候为了说明是谁在说话，你需要用到"他说"或者"她说"。另一个惯常的做法是，每次转变说话者，就另起一行，所以，实际需要提示语的频率往往比你想象的要低。

第5章 场景描写、概述和思考

只有在不用提示语对话就不清晰的情况下，才使用它们。别用"他恶狠狠地说"、"她若有所思地说"之类的描述或者"他用充满柔情的语气说"、"她声音里带着挖苦回答"之类的短语来支撑对话。在最好的写作里，这种信息是通过对话本身展示的，读者通过说话者自身的语言来了解他们。

当然，在回忆录里，你写的是真实的故事，要重现过去生活中的实际对话，这就又涉及那个挥之不去的关于真相的问题。除了对你产生深远和持久影响的某些时刻，对于其他的时刻，你很可能不记得确切的对话。即便你记得，或者你有谈话的录音，一字不落的对话记录也不太可能在纸面上产生很好的效果。你必须选出最好的词句，排列好生动的短语，随着突显人物形象的对话推进故事向前发展。

在大多数情况下，你是没有录音的，这就需要你进行创作，此时心里要一直记住：你不是在写小说。要想尽一切办法去掉不必要的内容，想尽一切办法让故事人物的话语清晰，别让读者因为内容费解而失去兴趣，同时不懈地去寻求真相。对于我来说，这又意味着努力寻找实际发生的事情的核心，而不是寻找一个所谓的好故事——那样的故事萌发于实际经历，但却沿着它自己的轨道渐行渐远。

回忆录中的"思考"成分有两种不同的出现方式。有时候，它就出现在书面上，和它所反思的经历有着明显的区别；有时候，作者会让我们明白，她在我们没有看见的地方已经进行了思考，

73

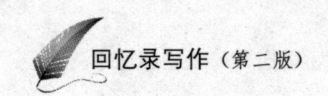

给我们展现的是思考产生的智慧。

诗人詹姆斯·梅里尔[①]的回忆录《一个不一样的人》就是一个例子，故事本身和回顾的智慧之间有着清晰的区分。书中讲述的是梅里尔 24 岁的时候在欧洲旅居 30 个月的故事。每一章，他都会讲述当时经历的故事，然后在每章的末尾，通过斜体转换成另外的声音，告诉读者他现在对那些故事的理解。第一章的末尾斜体字第一次出现时，他解释道："给我现在成为的那个人换个不同的字体吧？他会在每章的末尾插一下话，跳出我的时间框架瞥一眼。"

在很多故事中，作者的思考都是被区分开来的，上面是一个比较极端的例子。其他的作者在故事和思考之间的来回转换可能更加频繁，也不会提前告诉读者，但是那些独立的元素在读者看来也是很明显的。

在《救生》的第一页，我开始叙述故事，但在第二段插入了我对故事内容的思考，第三段又重新开始叙述：

> 爸爸妈妈和我一起参加从肖勒姆到利特尔汉普顿的快艇竞赛时，我肯定已经有十二岁了。实际上，那个比赛我参加过不止一次，我要说的是，这是妈妈和我们一起参加的唯一一次——变成一个成熟的家庭故事的那一次。
>
> 依我看，这个故事讲的是妈妈对海洋一直以来的恐惧，还有爸爸的愚钝顽固。或者也许它讲的是英国中产阶级荒谬的矫揉造作，尤其是男性，他们不惜一切代价也要保住面子。

[①] 詹姆斯·梅里尔（James Merrill，1926—1995），美国诗人，著有《一个不一样的人》(*A Different Person*)。

第 5 章 场景描写、概述和思考

它也许某种程度上讲的是那些代价——我们当中的一些人为了保住面子而付出的代价。它还有可能讲的是一个孩子想要拯救自己母亲的终身渴望。然而，我打算讲出比赛那天发生的事情，也就不可避免地要讲出传说的创造和回忆的虚妄。回忆潜伏在传说的阴影里，等待着在黑暗中消逝。

那天的航行本应该很轻松……

但是有时候，回顾的声音深藏在叙述之中，例如维维安·戈尼克的《强烈的依恋》：

从六岁到二十一岁，我一直都住在那幢廉价公寓楼里。楼里一共有二十套公寓，每层四套，我只记得楼里住满了女人。我几乎记不得那些男人。当然男人处处都是——丈夫、父亲、兄弟——但是我只记得那些女人。而且在我的记忆里，她们都和杜拉克夫人一样粗鲁，或者和我妈妈一样暴躁。她们说话的样子就像她们不知道自己是谁，不明白她们和生活达成的协议是什么，但是她们的行为方式又像是她们知道这些，也明白这些。奸诈狡猾、反复无常、目不识丁，她们就像是德莱塞笔下的人物。会有明显平静的几年，接着突然就是恐慌和野蛮的爆发：两三个人受了伤（也许身体完全毁了），于是混乱平复。然后重新再来：沉闷的寂静、慵懒的气息、每天都被否定的平淡无奇。而我——在她们中间成长、按她们的模样塑造的女孩——我被她们影响，就像我深深地呼吸着一块紧紧裹在我脸上的布中浸满的氯仿。我花了三十年，才明白我对她们的了解究竟有几分。

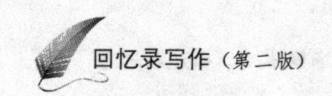

在这个段落里，思考是和概述部分交织在一起的。隔着现在和过去的距离，长大成人的作者回顾了她的童年，她通过"我只记得……"还有"我花了三十年，才明白……"这样的短语来表达她现在的理解。她用相当微妙的方法表达了自己明白了的事情。例如，当读者看到"每天都被否定的平淡无奇"这句话时，会明白作者已经进行过认真的思索。这是回忆录作者在做出判断（或者表达意见，如果你喜欢这么表述），她故事中的人物是怎样保持"明显平静"的。同样，她对女人们的描述揭示的也不仅是女人们本身，还有她获得的对她们生活和角色的洞察："她们说话的样子就像她们不知道自己是谁，不明白她们和生活达成的协议是什么，但是她们的行为方式又像是她们知道这些，也明白这些。"

如果你觉得转入思考的声音有难度，可以仔细阅读一下以下这个选段，来自玛丽·戈登的《看穿地点：关于地理与身份的反思》[①]：

然而，肯定有某个地方——房间的某个部分、门厅的某个角落——会亮起灯光，黄色的光被影子切成一块儿一块儿的，洒在木质的地板上。肯定有某些时刻，窗户敞开，于是房子也不那么黑暗了。但是我不记得有那样的一个地方或者那样的一个时刻。

"肯定有"这个短语起到了引导作者进入思索状态的作用，同时也告诉读者，作者思考的内容是超出了事实情况的事件。有这种效果的短语还有"他/她为什么没有……?"、"我们本来肯定可

---

① 《看穿地点：关于地理与身份的反思》：*Seeing Through Places: Reflections on Geography and Identity*。

第5章 场景描写、概述和思考

以……"或者"我之前一直很想知道为什么……"。

需要注意,别让对思考的需要把你推向那种真切的声音——让人听上去感觉你把自己太当回事儿。事实上,虽然在回忆录里你必须把自己看得很重要,但是叙述的声音不能生硬无趣——可以是顽皮的、讽刺的、幽默的,或者直截了当而充满思想。例如,弗兰克·康罗伊①在《停止时光》里用的那种语气就差没嘲弄自己了。他回过头看十三岁的自己时,声音里有一种温和的幽默:

> 今天加油站什么事儿也没发生。我着急要离开,去我要去的地方。加油站就像一张巨大的剪纸或者好莱坞的布景,只不过是一个门面而已。但是在我十三岁的时候,我背靠墙壁坐着,感觉加油站是个了不起的去处。汽油芬芳的味道、来来往往的汽车、免费的充气软管、背景里含糊不清的嗡嗡声——这些东西在空气里悦耳地飘动着,让我充满了幸福的感觉。不到十分钟,我的灵魂就像汽车的油箱一样,被充得满满的了。

正如之前提到过的,回忆录的精髓是"奋力理解问题的思想轨迹"。但是,你真的可以像有些人一边写小说一边构思情节那样,在写作的过程中找到你故事的意义吗?在写完回忆录之后,你会比开始写回忆录之前更加了解自己的生活吗?或者你应该事先就做好所有的解读工作?对于我们大多数人来说,随着写作的进行,的确会有更深层次的理解,但是我们在开始写作之前,也的确应该做好充分的思考。

---

① 弗兰克·康罗伊(Frank Conroy,1936—2005),美国作家,著有《停止时光》(*Stop-time*)。

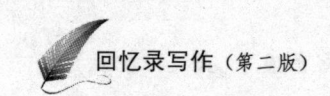

在生活里保持清醒的意识、不断反省思考是创作一部富有内涵的回忆录的先决条件。多尔顿·康利①的《白鬼》讲述的是他的童年生活，他是一个出身贫困的白人男孩，住在纽约的安居工程房里，和黑人小孩还有西班牙裔小孩一起长大。故事本身很有趣，而且是作者对自身情况的理解——这种理解无疑因为他所受的社会学训练得到了提升——使得故事不仅仅只是一串逸事。他能够将自己的经历放到更广阔的背景之下，不断追寻真相，挑战传统的简单分析，正是这种能力和追寻让这本书内容充实。

这就产生了一个问题：开始动笔之前需要多少时间才能做好准备？你读回忆录的时候可能会注意到，有的人等了很久——二十年、三十年、五十年——才开始动笔写作。例如托弗·迪特莱夫森②的《早春》，其中有些事情发生在出版前四十多年，书中展现了对童年的非凡洞悉，这显然需要多年的反思和回顾才能写出来。然而，格蕾特尔·埃利希的《与心相配》所写的则是相对新近发生的事情，相较于需要较长时间才能完成的层层内心处理，这部回忆录更集中关注的是对于创伤事件的最初反应，这种反应的聚焦点通常是在外部世界。两部作品的时间框架对于各自都是合适有效的。

在练习创作回忆录的时候，你应该试着关注自己的长处和短

---

① 多尔顿·康利（Dalton Conley, 1969— ），美国社会学家，著有《白鬼》（Honky）。
② 托弗·迪特莱夫森（Tove Ditlevsen, 1917—1976），丹麦作家，著有《早春》（Early Spring）。

第5章 场景描写、概述和思考

处是什么。你是喜欢大段大段地描写场景，还是把更多时间用来思考？虽然你可能最喜欢回忆录写作的一两个方面——通常是你做得好的那些方面，但是如果你能在吸引力没那么大的方面努力提高，你的回忆录会更好。

记住，场景描写和概述有利于好故事的创作，而思考则以某种形式让故事富有层次、发人深省。它们都是回忆录的必要组成部分。不管你对自己生活中的事情有着怎样睿智的理解，你都必须有能力把这些事情变成引人入胜的故事。而另一方面，仅有故事本身也不能完全传递你的回忆录的深层含义。

最开始审视这三种要素的时候，你可以把它们分开处理，给自己布置任务去做场景描写或者概述，还可以思考一下已经写好的故事草稿，写一到两页的文字。把概述看成远景，把场景描写看成特写，提醒自己，此时此刻你不是摄影师，而是导演。你必须对几个不同的镜头加以利用。你必须发号施令，用尽所有可用的办法。

之后，随着你的写作水平逐渐提高，不同的要素会更自然地形成有条不紊的格局。很快，你就会确信自己是在使用不同的方式讲述自己的故事。即便到了那个阶段再次查看自己的草稿，找出其中的场景描写、概述和思考，也是不无裨益的。比起最初创作时的兴奋着急，带着平心静气的修改的眼光，你能做得更好。

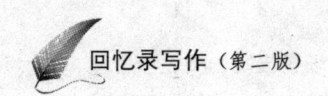

写作建议

1. 回想一件你十二岁之前发生的事情。就此写一段直接的叙述，使用第一人称，不需要写下你的思考或者推测。

2. 通读在第 1 步写下的叙述，并进行思考。尝试判断故事**真正讲述**的是什么，在其表面的事实之下有什么含义。看看你能不能想出一个起始句来概括故事的含义，例如，"十岁的时候，我学到了一些东西，是关于忠诚的"，或者"父母的反复无常让人抓狂"，还有"小学的最后一年，我意识到了死亡的存在"。现在，用起始句中的成人声音重写故事。（稍后可以选择去掉那个起始句。）以**现在的状态**回顾这件事情。

3. 选出你小时候的一个暑假，用概述的方法描述这个暑假。

4. 给这个暑假写两个具体场景。

5. 写一个关于你家人（或者在很长的一段时间里经常和你一起吃饭的其他团体）用餐的回忆录。用上场景描写、概述和思考。

第6章

在时间中移动

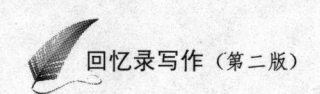

回忆录写作不是简单地在开头交代一下故事的开始，然后在结尾交代一下故事的结局。有时候，你可能在某一个时间点开始，然后发展到另一个点。另一些时候，故事可能突然需要你跳回二十年前，补充一些重要的事实情况。如果你想跳出故事，站在现在的角度上说话，应该怎么办？如果故事发生的时间跨度很大，涉及很多不同的时间段，而你又不想按照时间先后顺序来叙述，又该怎么办？你需要让读者全然不觉且毫不费力地跟上你在时间中穿梭的步伐。最难做得优雅，也最需要你扎实地掌握语言规则的事情之一，就是在不给读者造成困扰的前提下，在时间中自由移动。

首先要记住，必须要有一个"现在"。读者必须感觉到叙述者是站在一个特定的时刻，在这个点上，他/她可以回顾过去，可以叙述现在，也可以展望未来。这个"现在"不一定是明确的。读者不在乎确切的时期，甚至确切的年代；他们在乎的是能感觉到有一个"现在"的存在，来维系一个有逻辑的时间框架。通常，叙述者用过去时态（"我长到十二岁时，搬去和我父亲同住了"）

进行讲述；有时还需要跳过这个已经建立起来的时间，回溯到更远以前（"在我搬去和父亲同住之前的几年，我就已经下定决心，我再也不要和他有任何来往"）。在这个例子中，两种时态都暗含着一个没有确指的"现在"，叙述者正是从这个"现在"的角度回顾过去。一经确立，这个"现在"就不能移动了。

如果使用现在时态进行叙述，就没有那么灵活了（"我十二岁了，要搬去和父亲同住"）。最近，在小说和回忆录写作中，都流行用现在时态讲述过去的事情（像通常在诗歌中那样）。有些人认为这种方法能赋予故事一种即时体验的感觉，让读者觉得和故事的距离更近。而另外一些人——比如琳内·沙伦·施瓦茨①——则认为，现在时态有时可能"让人误以为具有重要意义"。如施瓦茨所说，不管你怎么看，"在打破惯例的时候，聪明的做法就是清楚地知道你为什么这样做，以及你可能得到或失去什么，还有你是否只是用更新、更隐秘的缺点代替了原有的习惯做法"。对于刚开始写作的人来说，用现在时态讲述故事可能导致很多问题，而如果使用过去时态，这些问题是可以避免的。

正如施瓦茨所指出的，用现在时态叙述的一个难处在于，句法和句子结构都会受限。部分原因是因为现在时态的叙述会产生两个不同的"现在"。一个"现在"是故事本身的（"次年，我搬去和父亲同住"），还有一个"现在"是暗含的，是故事被作者实际叙述出来的时间。从语法上讲，第二个"现在"是不存在的。然而读者会自行补充，因为他知道故事里的事情不是真的发生在叙述者把故事写下来的时候。

---

① 琳内·沙伦·施瓦茨（Lynne Sharon Schwartz, 1939— ），美国作家。

两个"现在"本身不是问题，因为即便没有明确指引，读者也有足够的智慧区分两个"现在"。但是，当作者想要转换到一个完全不同的时间段——比如更早的时间，或者实际的"现在"——的时候，问题就出现了。"我十二岁了，要搬去和父亲同住，几年前我就下定决心（I decide/I have decided），再也不要和他有任何来往"，考虑一下括号中的两种表述方式，我们需要一个方法来表示过去的过去，然而这两种方法听起来都不太对，可能因为现在时态本来就不是用来叙述过去的事情的。如你所见，这将把情况弄得很含糊。

动词时态[①]

有三种主要的时态——现在时态、过去时态和将来时态。不同的动词形式和动词短语指示着时间的不同划分。

讨论如何在时间中移动时，涉及四种动词时态，分别是：

现在时	我看见 [see]；她走路 [walks]
过去时	我看见了 [saw]；他们谈话了 [talked]
现在完成时	我已经看过 [have seen]；他已经吃过 [has eaten]
过去完成时	我那时已经看过 [had seen]；它那时已经飞了 [had flown]

---

① 关于时态的讨论，主要适用于英语写作，请读者参考阅读。

第6章 在时间中移动

实际的"现在"又应该怎么表示？试看："我十二岁了，要搬去和我父亲同住。考虑到我们过去的关系，我不是很清楚这意味着什么。"这里，我们不清楚第二句中的"我不是很清楚"是作者在实际的"现在"作为成人进行的思考，还是继续了前一句的叙述，从十二岁的角度进行讲述。因为摒弃了过去时态，作者的表达选择受到了限制（至少从语法上讲是这样的）。

我们需要对文字进行某种设定，使读者明白描述的是哪一种过去的动作。这种"设定"通常有两种选择：场景描写和概述。概述描绘的是持续进行的动作，事情可能反复发生；场景描写则叙述的是在过去的时间中发生了一次的事情。

如果你不明白语言的机制，或者没能仔细留心你的故事是怎样在时间中移动的，你的读者就会晕头转向。他需要翻看之前读过的书页，从中寻找线索。"嗯，一开始叙述者是十岁。"他一边自言自语，一遍翻看着书页，"接着是五年之后。那这一段她二十五岁是怎么回事？"这些是你应该在修改的时候提出和回答的问题，以便给你的读者省去对时间框架的思考。

我有时候和我的学生一起用图解法来说明回忆录涉及的时间，我发现这很有效果。作者从一个时间框架转移到另一个时间框架的时候会给出相应的线索，只要留心这些线索，你就可以看到用词和短语是怎样帮助读者完成相应的转换的。下面就是一个图解的例子，使用了《诗歌与偏见》的一些选段。《诗歌

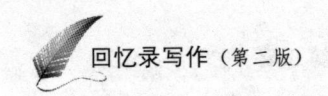

与偏见》是我的一份回忆录，涉及很多不同的时间段。这是开头：

要是他站起来的时候，我知道他准备要说的话，我肯定会阻止他。可是怎么阻止呢？"**别把你的诗歌大声读出来，布拉德，你不知道它会对我产生什么样的影响？**"或者，像我每天上午说的那样：**"请把你的作业交给我，我会选出其中的一些来朗读？"** 这在之前的四次课效果还不错。我还能筛选掉血腥暴力的内容当中那些最不好的部分。我以前读过关于狩猎的诗歌，他们割破喉咙、剥掉头皮、犄角，挖出眼睛和内脏。但在那之前，在我读过的诗歌里，还没有哪一首诗里被割破的喉咙是人类的。作为选择的标准，现在的我对此有些疑问，但是在那些上午，我需要做出迅速的反应，快速翻看一叠令人大倒胃口的诗歌。

我那时是进取高中的驻校诗人，学校坐落在俄勒冈州瓦洛厄山脉的脚下，靠近爱达荷州边界。上午第一节课是讲给十二个高三学生的——我不喜欢他们。这个班和我上一周教的那些班不一样，我想引起他们对诗歌的兴趣，但是这个班一直毫无回应。只用一天，我已经想到，这是不可能的了。这让我感到沮丧。在我和学生之间建立起良好的关系之前我总是会这样。

那天上午更早的时候，和每天早上上课之前一样，我开车从借住的瓦洛厄湖畔小屋朝约瑟夫方向驶去，我之前曾在约瑟夫当过很多次访问诗人。我喜欢俄勒冈州的这个地方。实际上，它已经成为那些稀少而特别的地方之一，在这里，我能在秀丽的风景中彻底放松，在放学之后的安静时光里好好写自己的文字——这些地方把自己的色彩和轮廓永久地印在我的心上。之前每次完成一段驻校诗人的工作，我都会再次申请，在此之前，每次申请都得到了邀请函。

靠近印第安坟地时，我转过头，向着白雪覆盖的约瑟夫酋长山看了最后一眼……

这个选段是用很多种过去时态讲述的，当中暗含着一个叙述者正在说话的"现在"。这个"现在"可以在表示时间的横线上用X来表示。虽然在第一段末尾直接提到了这个"现在"（"现在的我对此有些疑问"），但"现在"的年份和月份不是具体的。所有的读者都能由此得知，"现在"在横线上所处的位置是在故事**所描述的时间之后**。

		现在	
过去		X	未来

一旦你用X确立了"现在"，就可以在选段里寻找更早的时间框架。第一段中的"每天上午"以及第三段中的"那天上午更早的时候"都说明文中牵涉一个特定的上午。你可以在时间轴上用"那天"来表示它。

从第一段你知道，有些东西在"之前的四次课效果还不错"，第二段又有"只用一天"。所以，"那天"也可以放在一个教学周的末尾。

更进一步，你可以知道，第二段中叙述者提到"上一周"也在学校，但不是和这个班级在一起。所以，"上一周"也可以放在时间轴上。

```
过去 ━━■"上━━■"那━━━━━━━━━━现在━━━━━未来
        一   周"        X
        周"  "
            那
            天"
```

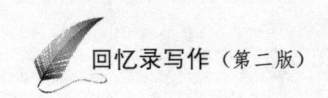

最后，这个选段里还有一个更遥远的过去，是由"我之前曾在约瑟夫当过很多次访问诗人"和"之前每次完成一段驻校诗人的工作，我都会再次申请"表明的。这里，叙述者通过使用过去完成时（"我之前曾……当过"），跳过已经设立起来的过去，到达了更遥远的一段过去，在时间轴上，可以用"曾经很多次当过访问诗人"来表示。

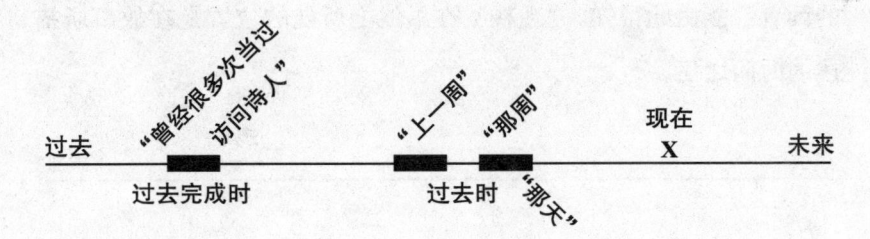

```
过去━━■"曾经很多次当过━━━━━■"上━■"那━━━现在━━━未来
        访问诗人"            一  周"    X
                             周"  "
         过去完成时           过去时 那
                                   天"
```

后面，回忆录又用了几页的篇幅来写"那天"的事情，讲述在那个课堂上发生的故事。然后页面出现一个明显的空白段，后面接着的是一个新的时间框架：

　　大约二十年前，我从伦敦搬到了俄勒冈州的波特兰市。虽然波特兰是一个相当国际化的城市，我在西部的头几年却感受到了巨大的文化差异。为了不让在英国的家人担心，我很快就学会了当地的方言，但我花了很长时间才不觉得自己是个外国人……

　　如果我那时继续徒步远足或者开车旅行，在提供家庭烘

第 6 章 在时间中移动

焙馅饼的餐厅停下来歇息,和小镇商铺的店主们聊天——他们当中的很多人都用怀疑的眼光打量我——那样一来,我还有多少时间在这儿落地生根?是寓教于艺项目让我移居到我的第二故乡并开始生活,而不是作为一个永久的游客在那里观光。

我的第一个任期时长六周,在哥伦比亚河上游的赫米斯顿,我在那里学到了很多关于马铃薯和灌溉的知识,还知道了在一个小小的社区里面竟然也可以有数量惊人的各式教堂,而且都生机勃勃……

在这个部分,叙述者的立足点是同一个"现在"。但是时间轴往回延伸得更远了——精确地说,延伸到了"大约二十年前"。现在,你可以把原来的时间轴画得更长一些,注意,这个部分中的内容不能和之前的时间框架里的内容相互冲突或者混淆。

```
过去 ──"大约二十年前"── "曾经很多次当过访问诗人"── "上一周"── "那周"── 现在 ──── 未来
                                                        "那天"  X
```

在时间轴上记下"大约二十年前"这个准确的时间点之后,你可以猜想一下应该在哪里标注"我的第一个任期时长六周,在哥伦比亚河上游……",它肯定在"大约二十年前"之后,但比回忆录第一部分精确描述的那两周要早得多。

在第二部分之后,回忆录又回到最开始叙述的故事,所用的词句是:"就在那天布拉德朗读完他的诗歌之后……"看到这里,

89

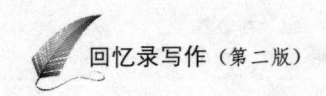

读者会知道"那天"指的是哪一天，马上随着叙述者回到了约瑟夫镇上。

故事继续讲述了"那天"到第二天的事情，末尾处又在时间中做了跳跃。倒数第二段的开头是："那年春天回到波特兰之后的几天，我把几篇信息性文章组合在一起……"因为故事还是用过去时叙述的，读者知道叙述者仍站在"现在"这个点上进行回顾。最后两段描述的是发生在"那天"和"现在"之间的事情。

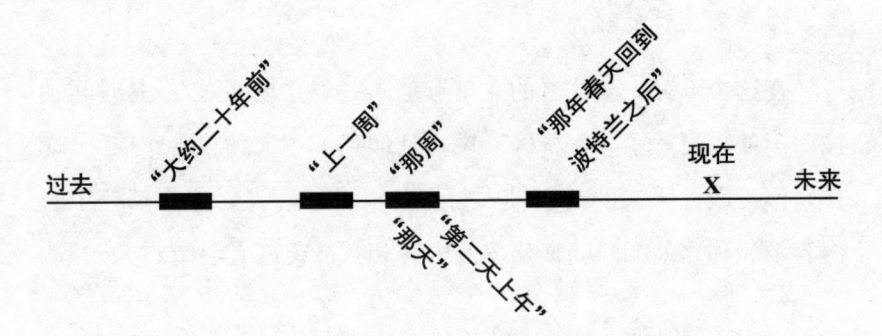

我的建议是，要练习在不让读者（或者自己）迷失方向的前提下，在时间中来回跳跃。你会精通各种使语言变得不凡的方法，在使用时很快就能做到非常优雅且毫不犹豫。时间轴可以帮你看到一个作品是否清晰地从一个时间框架移动到另一个时间框架，从而帮你掌握这种技巧。一旦你能够在写作的时候熟练地在时间中前后移动，你就不需要再担心时间的问题了，你的读者也不需要担心了。

在阅读回忆录的时候，请特别留心作者是怎样把不同的时间段纳入作品的，这样会对你有所帮助。值得阅读的作品包括：布

第 6 章 在时间中移动

鲁斯·魏格尔①的《杏儿的圈子》，露西娅·格里夫斯②的《无名的女人：西班牙生活的声音》和斯蒂芬·库西斯托③的《盲人星球》。带着热切的心情和学习的眼光阅读吧。

---

① 布鲁斯·魏格尔（Bruce Weigl, 1949— ），美国诗人，著有《杏儿的圈子》(*The Circle of Hanh*)。
② 露西娅·格里夫斯（Lucia Graves, 1943— ），英国作家、翻译家，著有《无名的女人：西班牙生活的声音》(*A Woman Unknown: Voices from a Spanish Life*)。
③ 斯蒂芬·库西斯托（Stephen Kuusisto, 1955— ），美国诗人，著有《盲人星球》(*Planet of the Blind*)。

写作建议

1. 找到两三篇回忆录（相当于短篇小说的长度，而不是像书一样厚），给每一篇回忆录画出一条时间轴。在画时间轴的同时，还要列出作者用来明确特定时间点的词或短语，不论这个时间点是具体的某天还是某一个时间段。（例如"那天后来"、"在我搬到费城后"、"我大学的第二年"、"在那个夏天之前很久"等。）

在安妮·迪拉德和科特·康利主编的《现代美国回忆录》以及《最佳美国散文》年刊系列中都可以找到很好的短篇回忆录。很多优秀的文学杂志也刊登回忆录，其中《非虚构创意写作》和《第四种风格》现在就以刊登回忆录和散文为主。

2. 用现在时态讲述某一个特定假期的故事。

3. 用过去时态讲述第2步中的故事。如果你感觉需要做改动，那就改动。注意两种时态中叙述效果最好的分别是什么。

4. 描述你所从事的职业或者在一段时间内持续做的工作——或者其中某个特定的方面。用过去时态讲述。从离现在最近的时间讲起，然后往前回溯。

第6章 在时间中移动

5. 想象你现在正在做一件可以让你一边工作一边思考的事情（洗碗、除草、刷墙等）。你的描述要在当下的场景和过去的时间之间来回穿梭。根据下面的要求写出四个版本，每一个版本不超过两页纸：

➢ 用过去时态叙述。

➢ 用现在时态叙述。

➢ 用现在时态叙述"现在"（你正在洗碗），用过去时态描述"那时"（小时候的事情）。

➢ 用过去时态描述"现在"，用现在时态描述"那时"。

6. 以"如果我曾经……"这几个字作为开头，看看这些字能让你想起什么样的经历。把这个故事写出来，写下如果你"曾经"做了什么事情，会有什么不同。

第 7 章

调动感官

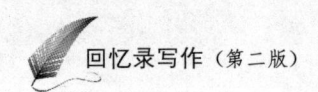

如果你参加过创意写作课程或者读过关于创意写作的书籍,你应该已经碰到过"展示,不要讲述"的信条。总体来说,这是个不错的建议:如果你向读者**展示**,要写你父亲生气的时候会用左眼斜着看人,你母亲的手则狠狠地拍在橡木桌上,紧接着失声痛哭起来,而不只是**告诉**读者你父亲容易暴怒,你母亲则常常因为受挫而哭泣,这样你的作品会更加吸引人。

有时候,初学写作者会回避具体的细节,担心太过具体将让他们的故事失去"普适性"。但是,写作正是在故事的特殊细节中向读者呈现自己的,这可以让读者进入故事当中,而不是像阅读较为抽象的文字时那样,隔着一定的距离在旁观看。

虽然这一章要讲的是"展示"的重要性,但你应该注意到,回忆录也是需要"讲述"的。正像帕特里夏·汉普尔在《我可以给你讲故事:旅居在记忆的土地》①中所说的:"回忆录是叙述和回顾的交汇,是故事讲述和散文写作的交汇。它可以呈现作者自

---

① 《我可以给你讲故事:旅居在记忆的土地》:*I Could Tell You Stories:Sojourns in the Land of Memory*。

第 7 章 调动感官

己的故事，**并且**思考故事的意义。小说的首要戒律——展示，不要讲述——不是回忆录作家的信仰。回忆录作家必须展示，**并且**讲述。"但现在，让我们先考虑"展示"的事情。

对于展示而不讲述的写作而言，关键就是感官。"展示"这个词本身就要求给读者写那些可以用眼睛看见的东西：调用他们的视觉。但是其他感官也很重要，而且，因为它们常常被忽视，所以有时候可以产生最有感觉的意象——在读者阅读完毕之后，气味或者声音的意象能在他脑海之中停留很久。例如，维维安·戈尼克在《强烈的依恋》中描写的布鲁克林公寓就在我脑海里一直停留着。我不仅记得，女人们从小巷上空挂着的晾衣绳上拉下自己的衣服，她们的话填满了整个公寓，还很出人意料地记得，那个地方有着绿色的气味和口感：

> 然而，我记得小巷是个这样的地方，有着清澈的灯光和甜蜜的空气，不知怎的，弥漫着一股夏日绿色的永恒味道。

紧接着后面一页写道：

> 我从厨房的窗户探出身子，带着期盼，我现在还能在嘴里感觉到那种期盼的味道，那种味道是柔和而明亮的绿色。

人物和地点一样，如果你选择了特别的生动细节来进行描绘，就能显得栩栩如生。细节生动与否能产生真实鲜活的人物与刻板的人物之间的天壤之别。这不是要你给读者扔出一堆细节——比如某个人外貌上的细节，而是要你选择代表了那个人精髓的那一小部分细节。一个完美的细节可能是话语里的含糊其词、一种怪癖、他的头发垂在脸上的样子、一件衣服、她的气味、走路的姿势。

描述性的细节并非简单地关乎形容词和副词的使用——实际

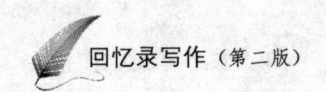

上，如果你能尽可能少地使用形容词和副词，你的描述效果可能更好。这些修饰成分十有八九只是在重复已经由名词或者动词传达过的信息（"红色的草莓"或者"大声地号叫"）。有时候形容词成双成对地坐在名词前面，而实际上，一个细心挑选的形容词就够用了。通常，形容词给出的描述性信息其实用一个生动的动词（例如，比较一下"那是一个又热又闷的下午"和"那个下午冒着火焰，渗着汗水"这两个句子）或者更准确的名词（试比较"在日落之后昏暗的光线中，他几乎看不见东西"和"在黄昏中，他几乎看不见东西"）可以表达得更好。副词也是一样，如果用了更恰当的动词，副词通常都可以去掉（试比较"他很快地走着"和"他大步流星"、"他踱着步"等）。

具体与抽象

具体名词是可以用五种感官——视觉、听觉、嗅觉、味觉和触觉——的其中一种（或者多种）感受到的。

罂粟、**耳语**、**培根**、**巧克力**和**皮肤**，都是具体名词。具体名词很可能让你的文字显得生动而丰富。

抽象名词是只能用精神感受的。它是一种概念。

美丽、**罪恶**、**愤怒**、**困惑**和**爱**，都是抽象名词。抽象名词很可能让你的文字显得枯燥无味。

"展示"的时候一般使用具体名词；"讲述"的时候一般使用抽象名词。

如果你发现自己在使用抽象名词，比如"美丽"，问问

第7章 调动感官

> 自己怎样才能向读者展示这种美丽，而不是告诉他美丽存在着。要通过具体的例子来思考。如果你展示了美丽，你就不需要使用"美丽"这个词了。

如果你在写作的过程中给出了很多生动的描述性细节，读者会经由自己和其中人物的相遇而不断熟悉这些人物。读者一边阅读，一边自己去认识和了解这些人物，而不需要从最初的一个概述性描写中得到这些人物的重要信息。在现实生活中，我们往往会把得到的信息慢慢拼凑在一起，逐渐地了解一个人。在写作中如果也能达成这种效果是最好的。虽然在回忆录里你是叙述者，是你在对你生活中的人物、地点和事件进行思考，但是，要让回忆录成为一个故事，从某种程度上来说，你的读者必须通过你提供的那些感官细节来自己熟悉当中的人物。

玛雅·安杰罗[1]的著名回忆录《我知道囚鸟为何歌唱》送给我们的珍贵礼物之一就是她生动的描写。其中充满了感官细节，描写了阿肯色州斯坦普斯的居民，作者就是在那里长大的。以下就是这样的一个例子：

> 麦克尔罗伊先生住在商店旁边一间杂乱无章的大房子里，他身高肩宽，虽然岁月侵蚀了他肩膀上的肌肉，但在我认识他的时候，岁月还没有夺走他的骄傲，也没有破坏他的手脚。

---

[1] 玛雅·安杰罗（Maya Angelou, 1928— ），非裔美国作家，著有《我知道囚鸟为何歌唱》(*I Know Why the Caged Bird Sings*)。

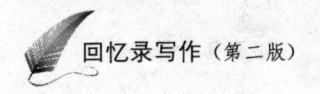

以及：

我去教堂的路上遇到了梦露修女，她张嘴回答邻居的问候，露出的金牙闪闪发光。

还有：

伯莎·福劳尔斯夫人是斯坦普斯黑人圈的贵族。她自控力很强，举止优雅，在最寒冷的天气里也让人觉得她是暖和的，不会缩手缩脚；而在阿肯色州的炎炎夏日里，她看上去就像是有专属的微风环绕在旁，能为她带来清新与凉爽一般。她身材苗条，却没有瘦削的人脸上那种紧绷的样子。她穿着印花薄纱裙，戴着花饰帽子，非常适合她，就像农民就应该穿着牛仔布工装裤一样。

吉尼·阿尔哈德夫[①]在《正午阳光：地中海家庭故事》当中的人物描绘融合了生动的描写和她对人物的猜测：

九十多岁的维托里奥已经萎缩了：他看起来是个小小的人，我确定他原来不是这样的。他的山羊胡子剪得像是一个朝下的箭头；耳朵和鼻子都很大，眼镜后面是一双犀利的眼睛；他的穿着打扮精细考究，是他那个年代欧洲绅士的风格——散发着量身定做的气息。这是一种魅力和敏捷，在犹太式的对"他者"的兴趣之下，是银行家、律师、商人和高乔人。这个家庭大多数的男人都符合这种描述——他让这种形象保持了纯粹，没有被现代社会的种种不确定性冲淡。

---

① 吉尼·阿尔哈德夫（Gini Alhadeff），美国作家、编辑，著有《正午阳光：地中海家庭故事》(*The Sun at Midday: Tales of a Mediterranean Family*)。

第 7 章 调动感官

对于地点而言，你要选择最能代表它们的那些感官细节，并且让读者知道你对它们的想法。可以通过同样的方式展现给读者。多萝西·阿莉森①在《我确定的二三事》里，用具体而实事求是的语言（注意动词中蕴含的力量）描述了她出生的地方：

> 我出生的地方——南卡罗来纳州格林维尔——闻起来和我曾经去过的所有地方都不一样。那是一种混合着被割断的湿草、裂开的绿色苹果、婴儿的粪便、啤酒瓶、廉价的化妆品还有机油的味道。一切都是熟透了的，一切都是正在腐烂的。猎狗用头碰撞着我的小牛犊。人们在远处喊叫着。蟋蟀在我耳旁嗡嗡作响。这座城市是美丽的，我向你发誓，是我曾经去过的最美丽的地方。美丽而糟糕。这座城市是我的美梦，也是我的噩梦：只有粉色和蓝色的天空、红色的土地、白色的黏土，还有那无边无际的绿色——绵延数英里的柳树、茱萸和冷杉。

露西·格瑞利的回忆录《脸之自传》的主题是作者同癌症导致的容貌缺陷的斗争，还有她在童年和青春期为了重塑面部而经受的多次外科手术和治疗。作者也许想让读者免于遭受一些痛苦的感官细节的"折磨"，然而，正是这些细节给文字赋予了力量。在格瑞利这类的故事里，抽象或者模糊处理都会让作品弱化为一种让读者躲避的文字记录。但格瑞利并没有运用抽象的手法处理，而是切切实实地向自我挖掘细节。以下这段对化疗的描述就是这样的：

---

① 多萝西·阿莉森（Dorothy Allison，1949—   ），美国作家、演说家，著有《我确定的二三事》（*Two or Three Things I Know for Sure*）。

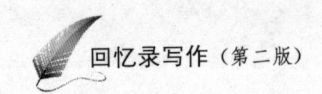

那就是一堂解剖课。我之前从来不知道，原来人是可以感受到自己的器官的，就像你能感觉到你嘴里的舌头或者牙齿。我的胃给我描绘了它的轮廓；我的肠子、我的肝脏、我不知道它们名字的那些器官都开始升温，因为它们自身的热度而颤抖着，揉搓着各个脏腑，我腹部的肌肉、我的背部、我的双肺出现了摩擦和空隙。我想倒下，向后倒在桌子上，或者更好一点儿，一头栽在冰冷的地板上，但我不能。输液才刚刚开始：这瓶药水还剩一半，而且还有第二瓶在等着我。

作者也许还想让自己也免于遭受重新体验那种回忆的痛苦。不管回忆包含的是生理还是心理的疼痛，每一位回忆录作者都必须做好准备，她也许以为那些事情早已不会再影响自己了，但还是会被那些事情触碰到。有些作者，比如路易斯·盖茨[①]，在写完《有色人种》之后，发现写作实际上会唤醒长时间沉睡的记忆，需要作者去应对，而应对方法有时候就是心理治疗，盖茨就是这样的。通常是具体的感官细节，而不是作者有意识进行的分析，为作者和读者同时展现出藏身在表面描写之下的意义——间或是其中的痛苦。

对于我来说，在写作回忆录《救生》的时候，感官细节在深层意义的找寻中发挥了关键的作用。在某种层面上，《救生》讲述的是我二十出头的时候在西班牙生活的三年时光，但是，在更深的层面上，它讲述的是悲伤、成长、孤独，还有性别认同。我开始写作那本书的时候，讲述了20世纪60年代我作为一个外国人

---

① 路易斯·盖茨（Louis Gates，1950— ），美国文学评论家、作家、编辑，著有《有色人种》（*Colored People*）。

第 7 章 调动感官

生活在加泰罗尼亚的小镇上所经历的故事，常常都很欢乐。其中有对当地人物的描写、关于各种节日的生动故事，还有我在一座城堡和酿酒厂当导游的工作和生活。然而，我真正想讲述的故事是截然不同的。实情是，六个月之前，我的父母在一次海难中双双离世，我几乎没有掉一滴眼泪，也因为孤身一人而没有能力悲伤；我之所以会去西班牙，部分原因是我在逃避一个可怕的事实：在这场灾难中，我爱上了一个人。

那些更深层次的主题终于在我的书中慢慢展开，而为它们做好了铺垫的总是感官细节。在关于水的那一章里（突如其来的大雨引起了沿岸的洪水），我一步又一步地向水靠近，直到我描述自己坐在户外，被倾盆大雨淋得通透。这种描述的具象相当意外地把写作引向了那些未曾流出的眼泪，它们威胁着想要将我吞没，就像不期而至的风暴把没有停好的汽车席卷而去，扫入大海。在另一章中，我描写的是在酿酒厂工作的一位年长的妇女。通过我对她双腿和身材的描写，我发现，此前她之所以会进入我的生活，而现在又进入我的故事，是因为她和我去世的母亲外形相似。还有，我想要准确描述在市场和沙滩上听到的沙哑喧闹的加泰罗尼亚口音，其间重新勾起了父母去世之前一家人在那些沙滩上度假的记忆。

记忆是驻留在具体的感官细节里的，而不是在"美丽的"或者"愤怒的"这种抽象概念里的。（问问你自己，"她美丽的特殊之处在哪里？"或者"那条愤怒的狗发出的叫声听起来是什么样的？"）如果我们能捕捉并且记录下以前那所房子里那种上了蜡的特殊气味，那么其他的记忆都会跟着鲜活起来。

每当吉尔·克尔·康韦想要回忆某件事情时，她会先回想房

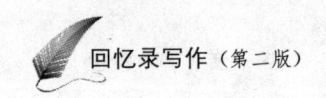

间里椅子的位置在哪里。托尼·莫里森①把这叫作"情感记忆",也就是"事情发生的时候给神经和肌肤留下的记忆"。拉塞尔·贝克②说自己一直把父亲去世那天的事情记得清清楚楚。虽然当时他只有五岁,但在写回忆录《成长岁月》的时候,因为当时的感官细节还一直陪伴着他,他能够进入自己生动的记忆当中:"我还能听到那天人们说话的声音。我知道当时空气的味道。我知道人们的表情、他们的穿着、他们正在吃的食物。"

感官细节不仅可以成为打开记忆之门的钥匙,还能为写作提供思路——它会给你线索,让你知道你写的东西最终会是什么样的。找到合适的切入点是很关键的,虽然这些切入点因作者不同而千变万化。对某些人来说,切入点可能是一个短语或者一个句子的节奏;对另一些人来说,可能是一小段对话;对更多的人来说,可能是一种气味、一种声音或者一种景象。对于正在准备写《家》的伊恩·弗雷泽来说,则是不同的物体。他说,合适的物件让你知道应该如何叙述。对于我,有时候切入点是一个感官画面。《历史与地理》③中收录着我的一份短篇作品,题目是"鱼",它的切入点就是一个感官画面。这篇作品最后讲述的是我家庭中男女之间隐藏的冲突,还有我不知道自己应该站在哪一边的困惑。这篇作品开始出现在我心里的时候,我正拿着一把小刀,站在我在西班牙的厨房水池旁边,准备把一堆鱼给收拾了。刚从渔船上搬下来的那些鱼的味道,还有它们瞪着混浊的圆眼的样子,对于我

---

① 托尼·莫里森(Toni Morrison, 1931—),美国小说家、编辑。
② 拉塞尔·贝克(Russell Baker, 1925—),美国作家,曾获普利策奖,著有《成长岁月》(Growing Up)。
③ 《历史与地理》:History and Geography。

第 7 章　调动感官

的记忆和我的回忆录来说，都是切入点。

如果你发现自己很难进入想要讲述的故事，尽可能接近自己的感官印象并将各种感官调动起来会是一个好办法。你也许很清楚地知道你心中的整个故事，但是它反而可能是阻止你找到切入点的障碍。描述其中的一些细节，调动你的耳朵和眼睛，回忆属于这个故事的气味，或者伸出想象的手，穿过时间回到往日，触摸某件家具、某条裙子的纹理或者某个人的肌肤——这些回忆的动作都能为你提供很好的帮助。你可以也应该一遍又一遍地练习这些动作，这不仅是为了让自己可以开始写作，也是为了让自己的故事进入更深的层次，让读者走得更近，把故事的核心从朦胧晦涩变为具体可感的，让你和你的读者可以一起生活在这个感官的世界里。

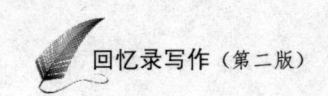

写作建议

1. 选择一所你曾经住过而且熟悉的房子。画出一楼的平面图，标出房间、门、窗、家具等。如果可能，让其他人在其中一个房间上标一个"X"（或者你自己闭上眼睛来标）。给这个房间写一段描述性文字，要注意全部的五种感官。

2. 选择另一个地方——室内或者室外都可以，详细描述这个地方，专注于除了视觉以外的**某一种**感官。

3. 用两页纸的篇幅描述一个你认识甚至很熟悉的人，要使用所有可以使用的感官。他/她听起来是什么样的？（不仅是语言，还有其他的声音。）他/她身上有什么样的气味？你能记得他/她的肌肤或者衣服的质感吗？

4. 用两页纸的篇幅描述这个人，这一次看看你是否能选择一些特殊的感官细节，反映你现在或者曾经对这个人的感觉。试着不要只是讲述。

5. 从你记忆中选择一天或者一天中的某个时段，给它指定一种颜色。描述这段时光，回到或者延伸到颜色的主题，向读者展示为什么你觉得那是"黄色的一天"或者"紫色的一个下午"。

第 8 章

说出名字

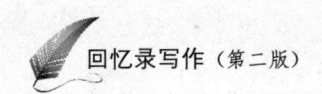

人物、地域、商店、河流之类的名字是一种特别的具体细节，如果想让文字显得有趣而真实，这些名字可以起到关键的作用。有时候，名字本身就带有很多历史和意象，比作者能添加的所有描绘都更恰当。

厄休拉·K·勒吉恩的《地名》（我不知道应该把它归作诗歌、散文还是回忆录）中提到很多地名，都是她开车在全国各地旅游途中经过的地方。就算读者从来没有去过这些地方，从书中看到的也远不是一堆没有任何意义的名字，因为名字本身就回响着那个地方的历史，就像下面这个诗节，故事的叙述者刚刚抵达阿勒格尼河：

　　雪鸟路

　　史密斯博格

　　英格兰斯道

　　摩根道

　　七叶树道

　　黑暗谷

第 8 章　说出名字

　　新塞勒姆堡

　　犬道

　　樱桃营

　　浣熊道

　　塞勒姆岔道

　　佛林德雷森

　　地名通常暗藏着侵略或殖民的历史。在詹姆斯·汉密尔顿-佩特森的《深渊：海洋和海槛》中，有一章的题目是"没有什么比无名的景观更无趣"。这里的"无趣"指的是海床上很多地貌的命名方式：比如，夏威夷以北的一大片海底地貌都以音乐家的名字来命名，其中有施特劳斯山、门德尔松山、巴赫山脊和贝多芬山脊，还有一座比富士山稍微高一点儿的山被叫作莫扎特山。从这些名字里读者可以看出，这一片海床的地貌不是被住在这些地方附近的人命名的，而是被那些"发现"了它们的西方海洋学家命名的。

　　有时候，在某个特定叙述者笔下的场景中，某些地名能产生特殊的反响，牙买加·金凯德[①]的回忆录《初见英格兰》就是这样。金凯德在安提瓜出生，她对初到英格兰的描述掺杂着儿时的记忆：生活在英国殖民地的黑人小孩，总是被迫自觉低人一等。多佛的白色悬崖是个著名地标，常出现在英国的思乡歌曲和故事里，但当它出现在金凯德回忆录的结尾时，却成了仅因白色而被珍视之物的代表：

[①] 牙买加·金凯德（Jamaica Kincaid, 1949—　），安提瓜裔美国小说家、园艺家，著有《初见英格兰》(*On Seeing England for the First Time*)。

当我看到多佛白色悬崖的那一刻，我希望，我知道的因英格兰而起的每一句话、每一样东西，都随着"于是一切都消逝了，我们不知道为何，但一切就是消逝了"烟消云散。在那之前，我哼过渴望再次见到多佛白色悬崖的歌，也背过跟这有关的诗。唱着歌背着诗的时候，我希望看到这些悬崖，只是因为那时的我还从来没有看到过它们，那时在我身边的人也从来没有看到过它们。但我们到了，一群渴望看到自己从来没有看见过的东西的人。那些白色悬崖就在那里，但它们不是我之前唱的歌里那些珍贵而神奇的东西，不是能够在那些人心里唤起特殊感情的东西。那些人死在我生活的土地上，他们要别人把他们安葬在朝向白色悬崖的地方，哪天他们起死回生了——一定会的——就要看到那些白色悬崖。多佛的白色悬崖，当我终于看到它们的时候，只是悬崖，不过它们不是白色的；只有它们对你有特殊意义的时候，你才会说那是"白色"。它们又脏又陡。它们的高度是那么恰当，我脑海中关于英格兰的所有看法——从教室里我眼前的那幅地图而起、由我刚刚完成的这趟旅行而灭的所有看法——都恰好从这些白色悬崖的顶端一跃而下，永远消逝不见。

地名还带着语言的韵律。我住处附近的很多地方的命名是印第安式的，例如摩特诺玛、克拉克默斯、斯诺霍米什、克拉茨卡尼和瓦洛厄，它们和波特兰、塞勒姆这种殖民地名听起来很不一样。达尔斯、威拉米特河和大龙德河，或者埃尔帕索和里奥格兰德之类的名字，则揭示了地名带有的种族起源。而美国的"主街"或者英国的"高街"之类普适性的名字显示的是国家文化里城镇的共性。

第 8 章　说出名字

城市、街道、楼房、河流之类的名字不仅带有历史和意象，还让读者相信作者知道她的所指。在你准备讲述故事的时候，能让读者把自己交到你手上，这是很关键的。说出名字是你赢得读者信任、树立自己语态权威的方法。以下来自帕特里夏·汉普尔的《处子之时》：

>　　列克星敦、牛津、查茨沃思，一直沿着格兰大道到米尔顿和埃文，再到圣奥尔本斯——我们住处附近的街道有着一种英式甚至是英国国教式的味道。但我们是天主教徒。不管我们是在去圣卢克小学的路上，还是后来奔另一个方向去往女子修道中学的路上，主管教区下辖的不同教区虽然特征模糊、魂魅萦绕，却比街道名牌更鲜明地宣示着彼此的界限。
>　　我们就像有着双重国籍的人。我住在林伍德大道，但却**属于**圣卢克。行话就是如此。女孩们参加中学舞会，她们的妈妈会说男伴是"来自圣诞学校"或者"来自圣马克学校"的，似乎他们是从海那边的某个封地过来的。
>　　"你是哪儿来的?"一个满脸粉刺的男孩问。周五晚上，在圣托马斯学校体育馆举行的新生联谊会上，我们躲在一根柱子后面，把彼此吓了一跳。
>　　"淑女的选择!"昏暗的角落里传来一位母亲的喊声，那儿立着一套移动音响。她把唱针放在胶片上，胖子多米诺①的歌声响起，一种至今未能逾越的欢欣滋生开来：**我找到了我的快感……**

---

① 胖子多米诺（Fats Domino, 1928— ），美国 R&B 和摇滚乐音乐家、词曲作者。

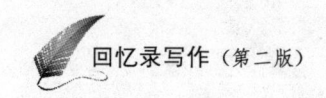

> "我来自圣灵。"男孩说道,他就像是被电波发射到点心桌旁站着的,桌上放着不冷不热的可乐、金枪鱼三明治,还有一碗热腾腾的薯条。

这样的开场让读者不得不相信,作者的确是深深了解她正在描写的对象的:她知道街道的名字和教区的名字;她知道去往小学和中学的道路;她知道人们用来讨论这些事物的隐语;她知道新生联谊会在哪个晚上举办、点心桌上有什么;她知道联谊会上音响播的歌曲和它的歌词。她还用故事的形式容纳了这些丰富的信息。读者没有觉得自己被塞了一吨背景信息,而是觉得一个故事正在慢慢展开。他渐渐进入了故事,因为里面有具体的意象,例如"满脸粉刺",还有"躲在一根柱子后面"。这样,用几个短短的段落,作者就赢得了读者的信任和兴趣。

下面是另一部回忆录的开篇段落,来自伊夫琳·C·怀特[①]的《献给艾瑞莎的歌》:

> 上一次我和艾瑞莎·弗兰克林聊天的时候,我们聊了几句关于科丽塔·斯科特·金的事情。那是在1981年的秋天,艾瑞莎在纽约无线电城音乐厅刚开了一场扣人心弦的音乐会。我告诉安保人员,我是马丁·路德·金的女儿,于是混进了后台。灵魂歌后穿着黑色的晚礼服,踩着一双毛茸茸的粉色拖鞋,静静地站在那里。

在这段文字中,作者需要树立权威,虽然她同时还需要读者

[①] 伊夫琳·C·怀特(Evelyn C. White),美国作家,著有《献给艾瑞莎的歌》(*Ode to Aretha*)。

相信她曾经用欺骗手段混进了艾瑞莎演出的后台。她需要建立起可信的声音，达成的手段之一就是使用认知度非常高的名字：艾瑞莎·弗兰克林、科丽塔·斯科特·金、纽约无线电城音乐厅、马丁·路德·金还有灵魂歌后，这些名字都是在短短的几行里出现的。另外，关于年份和谈话内容的细节描写也很到位。同时，请注意她还给感官形象留了空间，向读者展示了艾瑞莎的黑色晚礼服和粉色拖鞋。谁还能怀疑她是否真的了解她所叙述的内容呢？

名字——真实的或者不真实的——可以让写作脱离普遍化和匿名化的泥潭。帕特里夏·汉普尔是这样介绍她小时候的邻居的：

> 至于紧挨着我们西边的伯特伦一家，能说的只有这些了：每个周日早晨，伯特伦太太都会穿着一套紧身的西装，配着一件带有装饰性裙摆的外套，戴着一顶混色的羊毛帽子，打车去**某个地方**。伯特伦先生哪儿也不去——不管是周日还是别的什么日子。在我整个少女时期，我都觉得他就是待在家里，歇着。

作者还说了很多关于伯特伦一家的事情，但是，即便以上这些文字就是汉普尔对他们的全部介绍，有名字的角色也会比没名字的角色要生动得多。这样的文字就不能吸引读者："至于紧挨着我们西边的邻居，能说的只有这些了：每个周日早晨，**她（或者那位妻子）**都会穿着一套紧身的西装……**他（或者那位丈夫）**哪儿也不去……"没有了名字，他们就是普通而没有特点的人。

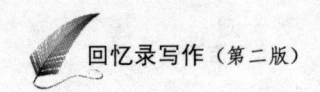

而当他们成了"伯特伦一家",他们就是真实生动的邻居,是故事中生活着、呼吸着的角色。对于读者而言,"伯特伦"是不是他们的真实姓氏其实一点也不重要。但对于伯特伦一家来说,却可能是很重要的。

下一章我们探讨写作内容涉及依然在世的人时会遇到的困难,相关的法律问题将在本书的附录中探讨。但现在,在你动笔写回忆录的时候,马上说出人物的名字吧。

第 8 章 说出名字

写作建议

1. 回想你小时候住过的地方。列出和这个地方相关的所有名字，例如街道、地区、地貌（河流、草地、山川、树林等）。列出商店、公司、市政设施还有其他所有你能想起来的有名称的事物的名字。等你完成这个列表，拿起笔来写下关于这个你住过的地方的回忆，并且让这些名字出现在你的叙述里。

2. 在 8 岁到 15 岁之间选择一个年龄。集中回想发生在那个年龄的事情，列出除了父母、祖父母以及兄弟姐妹之外，存在于你生活中的十个人。回想你在不同场合认识的朋友和老师、与你同龄的人和那些成年人。写下你在**那个年纪**对他们的称谓："阿特金斯夫人"（老师）、"乔迪妈妈"、"比尔叔叔"等。然后把这个名单大声读给另外一个人听，让他/她从里面挑一个名字。（如果没有人听，闭上你的眼睛，然后用铅笔在名单上指一个。）用概述的形式，尽你所能写下关于这个人的所有细节，然后从中选出一些概述内容，改写成不超过两页的人物描写。

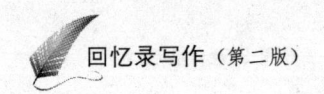

3. 给你在第2步里列表上的其他人写出简短的人物描写。

4. 回想你曾经住过的地方的一条街道。用详尽的细节描写这条街道。列出商店和住所、你所知道的在那里住过的人，还有你记得的在街上发生过的事情。

5. 回想一个你曾经很熟悉却好几年没有再见过的人。用"我最后一次和他/她说话……"开头，描写这个人。

6. 回想一个因为名字的**读音**而令你喜欢的地方。（我因为读音而喜欢的地方包括密西西比、斯诺霍米什、卡达凯斯、菲尔比肯和温德米尔山。）写下关于它的文字，专注于它的读音和由此产生的联想。

第 9 章

关于活着的人

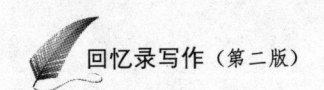

一些作者会遇到强烈要求他们保持沉默的来自内心和外部的声音，在和这些声音搏斗的时候，他们表现得毫不妥协，他们对自己和其他那些想和他们就这个问题辩论的人说：我们**有权利**享有我们的真相。他们的确有这样的权利。然而，这些对言论自由喋喋不休的作者对于和言论权利相伴相生的责任却没有同样急切的态度。这章要讨论的是在写作涉及活着的人的事情时会遇到的伦理问题，相关的法律问题则在附录中进行讨论。

有些人的生命和我们自己的生命相互缠绕，他们的故事也不可避免地和我们自己的故事相互重叠，我们每个人在做决定的时候，都要考虑到作为作者对他们负有的责任。你要写的可能是一段失败的关系；也许你的回忆录关系到还没有出柜的同性恋兄弟、还在青春期的女儿的第一次月经，或者一位密友的精神崩溃。我们每个人都必须找到平衡，一方面是叙述这个故事或者使用真实姓名的原因，另一方面则是可能对别人造成的伤害。有时候，做出决定并不是难事：你相信你的故事对很多读者来说都是很重要的，对其中涉及的人物产生的伤害则是微小的。但是，通常来说，

第9章 关于活着的人

知道什么最重要要难得多：是某个人的生计，还是你讲述故事的需要？是你的故事对许多读者的重要性，还是某个人对在众人面前丢脸的恐惧？

我不愿陷入这种二选一的困境，我总是努力提醒自己，可能有同时满足两种价值的解决方案——通常会有更多选项，而不仅仅只是说还是不说的简单选择。例如，我可以选择我要包含在写作中的内容，时刻留意尽量不要对故事中的人造成伤害。我也可以把我的文字给它所牵涉的人看，弄清如果这样的文字公之于众，他/她的确切感受是什么。我可以改变名字或者有标识性的特征。当然，我也可以选择直到我写完了整个故事并且考虑出版的时候再来琢磨这些问题。

如果你真的遇到这些困难的选择，你可以问自己一个问题：如何决定才可以最大限度地改善人们的生存状态？如果你和那些容忍虐待或者剥削的体系站在同一立场上，不管这个体系是存在于家庭中还是职场上，都无助于改善人们的生存状态，而是恰恰相反——虽然从属于这个体系的人可能会想方设法说服你，称他们的生存也是岌岌可危的。如果你选择公开的事情会让某个人受到不公正的惩罚或者情感上的伤害，从而对他的生活造成不良影响，那么在某些情况下，你的所作所为或许就是不负责任的。在这些情境中，我确信，如果面临无法决断的冲突，人们的生活总是比我的文字更重要。

尽管有时候我们会高估我们的文字让别人（或者我们自己）陷入麻烦的力量，但有些情况下我们的确需要保证文字所涉人员的安全。例如，我有一个朋友写了她之前在某个国家当老师的事情，那个时候创作类似的内容还是充满困难的。她想要描写她和当地的朋

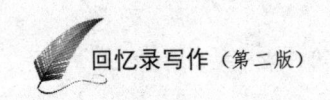

友的关系，改变名字、地点以及描写都不太能解决问题。那个时候，和西方国家的人保持联系在该国是一种禁忌，如果在书中公开这种友谊，有可能让她的朋友丢掉工作、不能住在像样的房子里，或者失去出国的权利。她的文字甚至还可能让别人被关进监狱。

当我们发表的真实故事里涉及墨西哥非法移民、同性恋教师或者帮助绝症患者实施安乐死的医生时，如果这些角色被辨认出来，我们就可能造成他们被遣返、被辞退的后果，或者给他们带来经济损失或社会排斥。很多美国人对移民法律一无所知，对恐同症的普遍程度毫无知觉，也不愿意承认有些偏见可以轻易击倒我们欣赏的人。但是作为作者，在公开我们所掌握的他人信息之前，我们有义务充分了解可能因此发生在他人身上的事情。

如果写作涉及那些伤害过我们的人，又是另外一回事了。我们可能会发现自己一点也不在乎过去曾经不公正地对待过我们的家人、牧师、医生、老师以及其他人可能会因我们的文字而面临什么样的困窘处境，我们甚至还会高兴。但我们要谨防把报复作为写作的动机。以报复为目的的写作总是会被一眼看穿，并让读者感到不舒服。虽然一开始让你动笔写作的可能是你的愤怒，但是如果你不能完全忠实于故事本身，不能放弃利用写作赢得读者的同情或者伤害他人的意愿，那么，你的作品是不会成功的。在这种情况下，权衡自己对故事中人物的责任尤为困难，你应该等到你真的考虑出版的时候再做判断，因为那时候你可能会更有能力做出合适的决定。

对于围绕家庭出现的那些两难选择，不同的回忆录作者的反应大相径庭。例如，吉尔·克尔·康韦在她母亲在世的时候是绝不可能写出《库伦来时路》的。她说："她肯定会揍死我。"安妮·迪拉德在写《美国童年》的时候，则干脆把所有可能对她家人造成困扰的内容都略去了。"我文字里的每一个人，"她说，"都还活着，而且好好的，自己的本事都还在，而且还可能愿意打官司。我写麝鼠的时候事情可简单多了。"而拉塞尔·贝克则直接对自己的妻子说："通读一遍，如果有你想删的东西，我就把它删了。"

对于特雷莎·乔丹来说，在写回忆录《骑着白马回家》时，她一开始不太清楚应该怎样处理和家人有关的内容。这部回忆录讲述的是他们一家人在西部牧场的故事。在和我讨论的时候，她说："开始写关于我家庭的内容的时候，真是极其困难。"

> 牧场的世界是一个非常私密的世界：你不抱怨，也不和别人分享你的秘密。
>
> 我把我的作品寄给了我的父亲和哥哥，心里想着，如果他们对这个作品有意见，我就不出版了。但实际上，这开启了我和父亲的一场对话。他似乎感到解脱，好像是觉得被理解了。虽然那个时候，如果他觉得内容太私密的话，我就不会出版，但是现在，我不确定我是不是还有同样的想法。
>
> 我需要决定的是，我的故事要讲的是什么？我的故事当然也涉及其他人。我觉得，如果你明白故事真正的深度，你会惊讶于原来人们可以接纳那么多关于他们自己的真相。如果一个故事看起来太过私密，通常是因为作者还没有足够的决心——作者向读者索取得太多了：索取例如理解或者同情之类的东西。或者也许作者写作是为了向故事中的某一个人报仇雪恨。只要你不是想要操纵那些伤害过你的人，你当然可以在故事里写到他们。

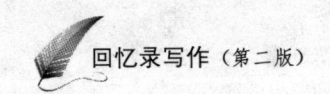

作者是使用者。我们的确使用我们周围的故事。我觉得这带有很大的责任。我试着和人们开诚布公地合作,就我自己的回忆录而言,把它拿给我的家人看对我非常重要,但是,我肯定、也可以想象,在某些情况之下,你会决定不这么做。

无论我们是否愿意让家人参与这个过程,这些问题通常都是令人痛苦的。萨莉·宾汉[1]的回忆录《激情与偏见》非常直白地讲述了她的富有且强大的家族的故事,讲述了她的男性亲属对女性的歧视,还有她自己被驱逐出家族新闻帝国的伤痛经历。每一个读过的人都能想象,这样的一个家族为了让她保持沉默而向她施加的压力肯定是不易抵抗的。宾汉描述了在她挖掘家族旧日秘密的时候,她母亲的反应:

我一直在强忍泪水,而她正准备下车。我问她,为什么对她来说,和玛丽·莉莉七十多年前的逝世有关的丑闻会比她和我的关系更重要。

她回答,那是关乎荣誉的问题,然后就下了车。她补了一句,他们在我的书出版之后才会见我。

我觉得自己被痛苦淹没了。随之而来的是无助和恐惧,小女婴在哭着想得到食物和宠爱的时候,肯定也是同样的感觉。

虽然这种痛苦异乎寻常,但我们应该注意到,宾汉扛住了这种痛苦,而且相对迅速地开始明白家族之所以恐惧的原因,然后

---

[1] 萨莉·宾汉(Sallie Bingham, 1937—),美国作家、社会活动家和慈善家,著有《激情与偏见》(*Passion and Prejudice*)。

第9章 关于活着的人

克服一切困难继续写自己的书：

> 他们不能把我抹掉，就像他们抹掉玛丽·莉莉一样，让我保持沉默，或者奖赏我好让我屈从。
>
> 对于我父母那样的人来说，最可怕的事情就是失去权力。这意味着现实正在向高峰攀去，准备冲破他们的界限。
>
> 和那股恐惧的洪流相比，爱又是什么呢？

当然，在作品里写到活着的人并不总是问题。有时候会产生积极的结果，就像特雷莎·乔丹和她父亲那样。吉尔·克尔·康韦觉得如果不把相关的内容给书中提到的人看，就是侵犯了别人的隐私，所以把《库伦来时路》的一些篇章寄给了她的哥哥。她告诉哥哥，如果这本书让他觉得太痛苦，她就不会出版，但是她哥哥表示挺喜欢这本书，还鼓励她继续写。伊恩·弗雷泽也向回忆录《家》里提到的每一个人征求了许可，结果发现，大多数人其实真的希望自己被写进书里。和乔丹一样，弗雷泽觉得他们想要被人了解和记住。

我的大多数回忆录都是和家庭有关的，有的人可能会说，我写得那么轻松是因为我的父母都去世了。当然，我是不用担心他们的反应，但是我有其他的亲戚还活着，大多数都是那种不愿意讨论情感的人。这就很明显，我不应该用公开发表的文字来谈论我自己的感受。就回忆录出版之后生活的平静程度而言，他们的沉默寡言让我的境况比身处其他家族的作者要好一些，但是他们无言的赞成或者反对必然是我难以忘怀的。我在写作的时候，需要坚守自己的原则，当我公开朗读回忆录里面的片段的时候尤其如此；我需要提醒自己，我不是在做令人尴尬或者背叛他人的事

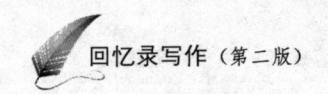

情。我一次又一次地和我家庭对于亲密关系的禁律斗争，告诉自己，让我们相互了解而且被人了解是重要的。

最近我在写一部新的回忆录，讲的是我在 70 年代早期在伦敦参与女权运动的事情，那是培养固执己见且充满热情的女性的温床；我要公开谈论我眼中的那些日子，她们当中的任何人都不会保持沉默。我把一些片段拿给朋友看，听听大家讲我都错在哪里。有时候，我会受到影响，但是终究，在关于那段时光的众多故事里，我知道我有自己的版本要说。

不管我们的决定是什么，最重要的是我们每个人都能仔细思考这些问题。我们有权利说出我们的故事，但是没有权利毫不考虑后果就莽撞地将那些故事公之于众。"无责任则无权利"不是通行的原则，但是我们如果希望自己的文字具有积极正面的力量，我们就必须遵循这个原则。

第 9 章　关于活着的人

写作建议

1. 描写一个你憎恨的人，心里记住，那个人永远不会看到这些文字。

2. 描述如果你在第 1 步中写的人看到了你对他/她的描写，会有什么样的感觉。

3. 讲述一件让你惭愧的事情。

4. 描述如果你认识的人读了第 3 步中的故事，你会有什么样的感觉。然后描述如果一个陌生人读了这个故事，你会有什么样的感觉。写完之后，记住你不需要把这些文字给任何人看。

5. 列出如果要发表你就不会写的事情或者人物。给每一项写下至少一页的文字，解释为什么你会有这样的想法。

6. 从第 5 步的列表中选出一件事情或者一个人物进行写作，心里记住，不需要给别人看你写的文字。完成之后，思考是否还有其他原因导致这些文字不能出版，同时也思考是否有办法改变故事来掩饰其中的人物，使得故事可以公开。

第 10 章

你的回忆录和整个世界

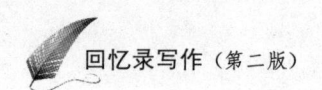

如果不加小心，你有可能会过于彻底地屏蔽外部世界。回忆录是个人色彩很浓的故事，必然会把你向心灵内部引导。但是，潜心写作自己的故事有时候会让你越来越深地陷入和自己灵魂的交流中，直到最后你的叙述搁浅在个人生活的孤岛上，和大陆完全失去了联系。

　　虽然内在的思考对于写作而言是很关键的，但达到某种程度后，你必须后退一步，去阅读自己写下的文字，问问自己这个故事是不是立足于自己个人生活之外的广阔世界。这个立足点之所以重要，有几个原因：首先，它让你的读者知道自己所处的时间和地理位置。当时的电影或者流行歌曲等文化背景、重要的体育活动、流行的服饰或者建筑风格、应季的食物、可供选择的交通工具等，都会为读者提供线索，让他理解故事发生的背景，并将故事融入公众世界。你不需要因为这些细节而脱离故事情节，相反，你可以把这些细节编织到故事当中，从个人故事的窗口张望外部世界，同时保持自己的眼光和声音。

　　当然，也有**过度**关注外部事件的危险；你很容易利用外部

第 10 章 你的回忆录和整个世界

事件来防止自己在内部世界的道路上跋涉，因为你觉得那样可能会通向痛苦的真相。你可能想要找到合适的平衡点，让你的故事能够锚定在更为广阔的世界里，以便你的读者可以同时接触到你所提供的独一无二的真相以及他们认同并每天面对的世界。有时候，要做到这一点很简单，只要提到当时的流行文化就可以了：电视上播放的《美国警花》[①]、广播里放了一遍又一遍的《烟雾迷蒙你的眼》[②]。有时候则需要稍长的介绍，交代对你的故事产生了影响或者成了它的基石的那些著名公众人物或历史事件。

通常，如果你有了对公众领域的类似介绍，你的故事会被赋予新的深层意义。例如，罗克珊·邓巴·奥尔蒂斯在回忆录《红土：成长于俄克拉何马》中描述了十四岁的自己，那时候小儿麻痹症正在席卷整个国家，蝗虫在她的家乡吞噬着麦田。因为哮喘发作，她只能困在沙发上。她听到广播里关于罗森堡夫妇的报道，他们将要因叛国罪被处以死刑。年幼的她试着用一件事情来帮助自己理解另外一件事情，于是个人和公众的世界就融合在了一起：根据浸信会传教士的说法，蝗虫是《圣经》十灾之一，和摧毁了她表亲的小儿麻痹症是一样的；用来处死罗森堡夫妇的电和进到她自己家的电也是一样的：

> 我试着弄明白灯泡怎么能把人杀死。我们家也有电，是从一根线里送来的，那根线穿过墙上的一个洞，连着灯泡还

[①] 《美国警花》（*Cagney and Lacey*），美国 80 年代电视剧。
[②] 《烟雾迷蒙你的眼》（*Smoke Gets in Your Eyes*），奥黛丽·赫本最后一部电影《直到永远》的主题曲。

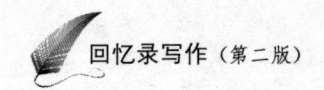

有收音机。别的东西都不需要电。电既让我着迷，又让我害怕，像闪电和魔术一样。所以，我想，也许电是能杀死人的。我想象着，罗森堡夫妇像灯泡一样亮了起来，发着光，因为热量而慢慢燃烧。我想，这样死的话要用很长时间吧。我们的灯泡用了两个月之后不亮了。

故事中更为公众化的内容的存在，常常能为读者提供进入故事的切入点，就算这种内容只是以教室、医院、露天市场或者工作场所的形式出现。让你自己站在读者的角度考虑：文字中有没有为读者提供的进入方式——有没有他熟知的内容，可以作为探究未知世界的起点？如果你希望读者有能力理解你个人生活中的特殊内容，你就是在让他们犯难了。

内心对话

我们通常认为对话是两个（或更多）人之间的交谈。

然而，内心对话是你和自己的交谈。你在进行内心对话的时候，讲述的是自己对事情的认知和感觉，你在和自己分析所发生的事情，或者在心里演练自己愿望中的事态发展。读者就像是无意中听到了你的想法，或者像是你在和他们进行一场面对面的单独谈话。

内心对话像梦一样，有时候很难向读者传达，原因有以下几点：

➢ 有些事情对于你而言非常明了，因为你用了很多时间来思考和理解这些事情，但是对于你的读者来说，

第 10 章 你的回忆录和整个世界

> 则不那么容易理解。
>
> ➤ 我们每个人使用的语言以及用来描述内心世界经历的隐喻都是因人而异的，差别巨大。因此，如果我想向你解释一个梦的意思，或者我见到旧日爱侣的确切感受，我可能会用到一些意象，对于我来说这些意象能完美地描述我的内心反应，但是对于你来说，这些意象是很令人困惑的。
>
> 要想写好内心对话，读者的反馈能给你提供莫大的帮助。挑选一些读者来读那些段落，让他们提供真实、具体的反馈，包括他们对段落大意的概述，这样做可以让你知道你在哪种程度上实现了思想的传递——你的内心对话在被读者听到的时候在哪种程度上发挥了它的作用。

我的回忆录《诗歌与偏见》就有读者认同的问题，因为回忆录的背景设定在偏远的俄勒冈州瓦洛厄山脉。西部乡村文化的特点对于一些人来说很容易识别，但是对于多数人而言则可能相当陌生，同时也因为回忆录还从女同性恋的角度讨论了恐同症。对于很多读者而言，这种个人故事是需要努力才能达到认同的，中间的障碍可能有恐惧、不适或者无知。幸运的是，这个故事的场景是学校，而在美国，教室这个场景或许是每个人都熟悉的。当我大声朗读这个故事的时候，常常有老师过来告诉我他们自己在教室里发生的故事；其他人则表示他们也曾经是学生，所在的班

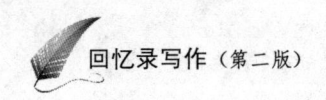

级和我故事中的班级非常相似。

> 那十个男孩懒散地坐在桌椅上，裹在蓝色紧身裤里的长腿懒散地伸着，尖头的牛仔靴充满挑衅地挑着，就像在对我竖中指一样。两个女孩咯咯笑着，一个字儿也没写，不断把纸揉成一团并厌恶地扔掉，就像在一遍又一遍地对男孩们显露她们恰好也对自己期望很低一样。起初看到这些孩子如此玩世不恭，我为他们感到难过，但现在，我被激怒了……
>
> 接下来的十分钟里，满是躁动、写字、团纸球和咯咯的笑声。我也试着写些什么，像往常一样，用我自己布置的题目写一些我以后或许能用得着的诗句或者意象。但是我觉得在这样的环境里很难集中精神——什么都有，就是没有平静。坐在前排的两个女孩一直在小声说话，直到我瞪了她们。她们撅着嘴看着她们的本子，但很明显是等着我转移视线，然后继续她们的谈话。

对于很多读者而言，这样的共同经历是进入故事的切入点。通过这种方式把读者带入故事之后，我就将叙述转向非常深入、纯粹个人化的话题，讲述我对恐同事件的反应，只有当读者已经愿意进入那个房间的时候，这一事件才有可能对他们产生影响。

在内心对话后面，我提供了更多关于教室的外部场景描写，让读者再次想起熟悉的环境，这种非常个人化、对于某些读者而言非常陌生的经历正是在这种读者熟悉的环境中发生的。

卡罗琳·西伊[①]的回忆录《梦想：在美国的坏运气和好时光》

[①] 卡罗琳·西伊（Carolyn See，1934— ），美国小说家、教授、评论家，著有《梦想：在美国的坏运气和好时光》（*Dreaming: Hard Luck and Good Times in America*）。

第10章 你的回忆录和整个世界

着重讲述了个人生活，带有很多内心探索。她的书探究了酒精和毒品如何影响了她的家庭，继而影响了她的整个生活。虽然这种探究大多数局限于作者非常私人的经历之中，但也涉及学校等公众世界。书的后半部分虽然依然聚焦于个人关系——作者描述的是自己的婚姻和成人生活——但在描述60年代加州嬉皮士的价值时，也带入了时代的大背景。不少有一定年纪的读者能认出这个场景：

> 我们的客厅又长又窄——23英尺长，大约10英尺宽，把整个房子沿着纵向分成了两半。我们在房子的一头吃饭，旁边是一个亮粉色的书架。书架抽掉了一个层板，好放下我们的生命之树。我们肯定是喝了鱼汤，或者是吃了炖鸡肉香肠。我们听着拉维·香卡的音乐。树枝伸到了窗上，外面有浣熊往房子里瞄。房子被蜡烛照亮，充溢着光芒。我们都醉了。等到吃甜点的时候，我拿出一个纸盘，上面放着奶酪和水果。泰瑞哭了起来："实在太美了。"的确是的。

除了给读者提供立足点和切入点，以便让他们走进你的回忆录之外，公众世界在你作品里的存在还可以增加故事的真实感。从某种程度上讲，你增加的层次越多，你的故事就显得越真实。毕竟，你的个人经历不是在真空中发生的：它的确是在社会、政治、地理以及文化环境中发生的。虽然你可能在童年的时候觉得孤立无援，在作为成人向后回顾的时候，你可以将童年时光置放到邻里、学校、熟人和朋友、广播或电视的世界中，以及所有那些在广阔的世界中发生且进入了家庭的意外变化中。读者知道儿童可能不曾注意到类似的事情，但是他们不太可能喜欢成人叙述

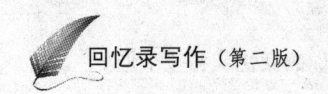

者依然使用儿童的局促视野。

为了让你的故事能够立足于环绕着它的世界,你需要让自己在更大范围内检视你的人生,而不是停留在完全个人化的层面上。你不仅需要努力明白自己的经历,而且要尝试弄清这些经历是如何被你所生活的时代、你从属的特殊社会阶层以及你所在群体重视的价值所影响的。作为一个可靠有趣的成人叙述者,无论你是否在故事中直接讨论这些事物,你都必须持有对这些事物的观点。

有时候,围绕个人故事的世界不仅仅只有单纯的背景。芭芭拉·威尔逊的《蓝色窗户》同时探究了基督教科学派在美国的历史和作者的家庭故事。但是即便你的回忆录采取较为宽泛的视野,也要当心越过了你为你的主题设置的界限。向外关注对你故事产生了影响的广阔世界,并不需要你横向寻找经历中更大的其他部分,只需要你为已经确定的故事增添层次。

请看下面的可能性范围图表,从内至外依次排列,从纯粹个人化的信息到完全公众化的信息。在图表中,中间没有阴影的圆形代表只属于作者(其中一些也属于她的直系亲属)的信息,因此是私有的。有阴影的圆环由内至外,所代表的信息是由属于个人但可以被某些读者分享的内容,到大部分属于公共领域的内容。在每一个圆环中,作者都和一定的读者有着共通的经历——从中心往外,每向外一个圆环,作者与读者共通的内容就越多。

回忆录可以进入所有这些层次,像标着"你的回忆录"的切片那样,在理想情况下,还能在这些层次之间来回移动,展示出

第 10 章 你的回忆录和整个世界

（同心圆图，由内向外）：
- 内心生活
- 亲密关系
- 家庭
- 朋友
- 熟人
- 陌生人
- 学校
- 邻里
- 社区
- 国家
- 世界
- 工作
- 亚文化
- 大众文化

你的回忆录

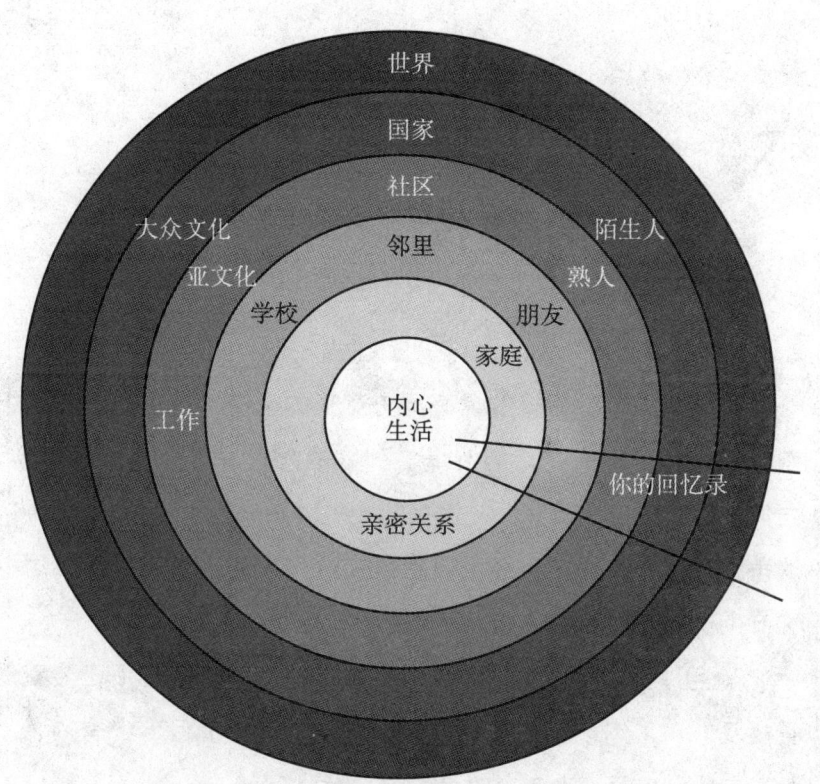

它们之间相互叠加的关系。即便当主题的个人性不强（处于外部圆环中）时，个人的声音也总能带着读者从私人生活进入公众世界，然后再回到私人生活。个人的声音是读者所相信的。它是最结实可靠的载体，可以将读者从作者童年最私密的角落带到公众文化的广阔空间中。

135

写作建议

1. 选择一件你记得的具有历史意义的事情（肯尼迪总统遇刺、首次登月、柏林墙的倒塌、列侬的死亡、重大体育赛事、向华盛顿进军、罗伊案、艾滋病的传播、海湾战争等）。从个人的角度，写写你是怎么经历或者得知这件事的，以及这件事对你产生了什么样的影响。

2. 用四页文字讲述你的家庭在某一特定年份的生活，要着重提及进入了你家庭的文化事件（音乐、电视节目、应季的食物、广播、书籍、杂志、时尚潮流、游戏等）。

3. 用不超过四页的文字讲述你了解自己的重要步骤：对于自己精神世界的洞察或者从混沌到清晰的过程。这些文字要大部分聚焦于内部世界。然后增加不超过两页的内容（整合到之前的四页中），补充关于外部世界的内容。

4. 用四页文字讲述自己的精神生活：接受或缺少的宗教教育，或者独立的精神探索。将内心对话——你的思想和感受——和外部场景及事件联系起来。

5. 写写在你生活中非常重要的一本书（或者电影、戏剧等）。

第 10 章　你的回忆录和整个世界

为从来没有读过这本书的读者介绍书的有关信息，将这些信息和你认为这本书对你个人产生的影响结合起来。

6. 用三页以内的篇幅描述你曾做过的工作。其中要包括同事和工作本身、工作与外界的关系、你对工作的感觉，以及工作对你生活的影响。

第 *11* 章

小心传说

回忆录写作（第二版）

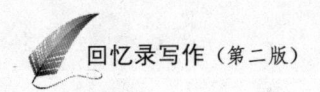

　　写作和其他创意性、艺术性的职业一样，常常被很多人浪漫化，又被另一些人贬低。美国作家往往被看作是特别、奇特而又神秘的人，他们的生活带有一种充满魔力的魅力。美国作家也可能被看作经常酩酊大醉、神经兮兮的浪子，依赖政府生活，什么工作也不做。遗憾的是，有时候，是作家本身让这些传说得以保持流传。很多传说放在所有作家身上都是合适的（写技术性文档的人则被认为是相对勤劳的），有一些传说则特别适合用来描述回忆录作家。

　　想要创作回忆录，你当然不需要大名鼎鼎或是声名狼藉，但是很多传说中却有这样的观点：如果你要写作，那你要么是上过头条的人，要么跟那样的人有关系。虽然现在回忆录非常流行，是非虚构作品创作爆发的一个部分，但普通公众还没有理解这样的事实："回忆录"这个词指代的只是关于实际经历的文章创作而已。

　　所以，结果就是，同样这部分公众在发现你并不是特别有名的时候，肯定会用另外的方式解读你的回忆录。他们可能得出这样的

第 11 章 小心传说

结论：回忆录作家肯定都是目空一切、妄自尊大、过分自我崇拜的人。别相信这话（除非你**真的**目空一切、妄自尊大）。

在关于作家的传说中，最险恶的传说会侵蚀我们和自身保持紧密联系的能力——这种能力对于回忆录写作而言是必不可少的。好的写作需要我们敦促自己拥有更加清醒的意识，而不是更加不清醒。然而，我们不时地让自己相信，痛苦的体验和简单的辅助手段是让我们更快地获得这种意识的捷径。酒精就是这么一种被高度神化却终归死路一条的捷径，已经对很多作家产生了伤害。

我们已经听到太多浪漫的故事，故事里极度痛苦或者自暴自弃的作家孤身一人待在房间，身旁放着打字机和几瓶烈酒。有些人会记起一部电影，莉莲·海尔曼（简·方达[1]饰演）抽烟、喝酒，把自己的打字机扔出窗外。或者在一些诗歌中，多罗茜·帕克[2]用她那刻薄的巧妙言辞集中抨击作家万分痛苦的窘境。另外还有人可能看过最近宣传艺术家聚居区的小册子，印在光面纸张上的照片里，作家坐在乱七八糟的稿纸中间，不用问，书桌旁的地板上还放着半空的苏格兰威士忌酒瓶。沿着这样的传统，我们当代作家把我们的反复试验和反复错误、我们的逃避机制和自我毁灭，变成了富有戏剧性的故事，因此又在浪漫绝望的文学上增添了一笔。

我们当中很多人是在不负责任的写作教师的鼓励下养成了这些习惯的。那些教师本身就相信那些传说，他们是被它们塑造出来的。我永远不会忘记，很多年前，有一位挺有名的诗人开设了一门课，我第一次到班上去的时候，发现她和她的男朋友舒舒服

---

[1] 简·方达（Jane Fonda, 1937— ），美国好莱坞著名影星。
[2] 多罗茜·帕克（Dorothy Parker, 1893—1967），美国作家、文学批评家。

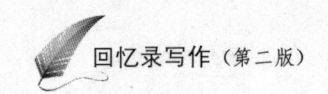

服地坐在桌前,腿靠着腿,面前摆着四加仑葡萄酒和一堆纸杯。我很勇敢地坚持到第一节课的一半,那时候,学生一个接着一个朗读自己写的诗歌,一首比一首听着像那位著名诗人的诗歌,言语越来越含糊。然后我朗读了自己的诗,听起来和那位著名诗人的一点儿也不相像。我刚念了三句,那位诗人的男朋友就起身嘟嘟囔囔地走了出去。五分钟之后,我起身离开,再也没有回去。在这样的榜样的影响之下,初学写作的人可能会急切地给自己支起电脑,备上许多孤寂的、注定失败的情感,还有大量的廉价红酒,这些东西很快就能制造出绝望的气息,让她觉得这种绝望是她选定的事业里又一项不可或缺的要素。

有些作者的文才让我们的恐惧看起来既滑稽又莫名地吸引人,这些作者正是倒在自己文才的魔咒之下,神化了我们无处不在的不安感。安·拉莫特[①]在她关于写作的《循序渐进作家路》里,和很多作者一样,描写了寄出手稿后的痛苦:

> 最后,如果你够幸运的话,一周之后你能从你代理公司的助理那里拿到一张条子,上面说他们已经收到了手稿,或者一位朋友打电话告诉你,他/她已经读了一部分,感觉极好,让你别担心。但你还是会担心,无论如何还是会经历一次小小的崩溃,等着你的代理公司和编辑打电话告诉你,书稿很精彩。每一次电话铃响,你心里都呼号着:"一定要是他啊,亲爱的上帝,肯定是他。"但是电话那头不是他,于是你又重回死气沉沉的状态,继续暴饮暴食,觉得自己的朋友大部分都是骗子。

---

① 安·拉莫特(Anne Lamott, 1954—),美国小说家、非虚构作品作家,著有《循序渐进作家路》(*Bird by Bird*)。

第 11 章 小心传说

虽然这样的文字让我们倍受安慰,知道感到不安的不仅仅是我们自己,但也给作家的焦虑情绪蒙上了某种迷人的魅力。寻求认同的痛苦实际上一点也不迷人——这种痛苦是让我们分心的重要原因,让我们的思想不能集中在写作本身以及继续写作所需要的自我意识上。

竞争和嫉妒,像害怕被拒的焦虑一样,从某种程度上来说无疑在作家身上存在着,但有些文章总让我困扰,例如邦尼·弗里德曼①的《嫉妒——作家的弊病》(收录在《用写作走过黑暗》中,书中其他的内容也都极妙)。在这篇文章里,弗里德曼描写了当别的作家比她做得更好的时候,她和另一些人所感受到的痛苦。我担心类似的文章会怂恿作家放纵这样的感受,尽管作者也提供了一些极好的建议,用来避开这样的陷阱:"只有一样事情能把我从嫉妒中拯救出来:回到我的工作中。我的书桌是一片安静的天地。我在那儿度过的时光就像玻璃窗格一样明净。"

退稿信

杂志寄来的退稿信通常不是真正意义上的信。更多时候,它们是"退稿条"——小小的纸条上印着(通常是)客气的词句,内容类似:"谢谢您给我们寄来了您的稿子,但我们目前恐怕无法把它刊登在《三便士评论》上。编辑温迪·列瑟。"

---

① 邦尼·弗里德曼(Bonnie Friedman),美国作家、编辑,著有《用写作走过黑暗》(*Writing Past Dark*)。

有时候编辑会在这种打印的纸条或者信件上手写几句话，这些话往往比较鼓舞人心。大多数时候，手写的内容是这么说的："再试试给我们投稿吧！"这并不意味着你下次投稿的时候成功的可能性更大，不过如果你坚持的话，他们可能会记住你的名字，有人觉得坚持这样做会使编辑更加认真地对待自己的投稿。

我最近曾给一些杂志和报纸投稿，也收到了一些退稿信，我随机选出一些列在下面。代理公司帮我投稿被拒的时候，一般会收到更详细的退稿信。

> 我今年最喜欢的退稿信是《哈泼斯》寄给我的，助理编辑吉姆·尼尔森手写了一封信，信中表达了高兴、欣赏和赞美，结尾是这样的："……我想感谢您给我们投稿，也想让您知道我们一直在为'阅读'版块寻觅合适的材料，所以请您随时赐稿。"

> 《诗人登场》寄来的打印纸条写道："亲爱的＿＿＿（填上了我的名字），我们觉得您的诗歌：☑太长 □太短 □寄得太晚 □和主题无关 □和我们的风格不符 □非常好且几乎达到录用要求 □达到录用要求。"这封退稿信上也有编辑的手写文字："这首诗不错，但很遗憾，对我们来说太长了，现在无法刊登。抱歉。"

> 一家小文学杂志的执行编辑寄了一封打印的私人信件，道歉说把我十三个月之前投寄的稿件放错了地方，刚刚才找到。他们还附上了投稿指南，让我重新投稿！

第 11 章 小心传说

我个人的经验是，很多作者往往只关心围绕着出版、政府奖励、文学奖项之类的那些不公或者愚蠢之处，当我自己也变得这样的时候，我很快就失去了写作的能力（甚至可能还有思考的能力）。退稿信、代理公司的错误、出版了的书上的排印错误……要是我一直纠结于这些事情，它们都能把我逼疯。但是我也知道，想要脱离这些由类似事情（还有那些告诉我应该为它们感到困扰的传言）引起的困扰是有可能的。我知道自己有可能为别的作家的成功感到高兴，其中也包括我自己的朋友的成功；而且我觉得，有时候因为嫉妒别人得到政府奖励或者有了重大进展而生出的痛苦已经引起了太多的关注。你难道不愿意成为庆祝自己朋友成功的人吗？还是愿意看到他们失败？拒绝传言，拒绝嫉妒的倾向，你就可以让自己保持清醒，让自己继续写作，也成为别人更好的朋友。

退稿信是可以无穷无尽地探索的故事主题。就个人而言，我喜欢那些嘲弄编辑的故事——里面的编辑撰写的评论都很滑稽，他们用傲慢的语气告诉你哪里做错了，实际上他们可能根本就是文盲，或者是让人无法忍受的粗人。但是，我不喜欢那些嘲弄作者的故事——这些故事大肆渲染作者的极度脆弱、神经过敏式的自我怀疑，或者严重的精神崩溃，这些都可能是由一张印着"谢谢投稿"的纸条引发的。

很多作家给出过关于投稿的好建议，通常他们建议你培养专业的态度，以免被拒绝之后产生受伤害感。我的方法是，一旦我有了准备寄出的作品，只要不是通过代理公司处理的，我都会建立一个投稿计划。计划中包括五六家杂志或者其他适合发表的媒体，如果作品被第一家拒绝了，我就马上把它寄给下一家。这样，

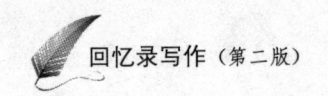

重新投稿就只是一项任务而已。

当然，传言也是含有一点真相的：作家的确会因为稿件被拒而感到受伤；作家的确会通过药物、香烟、酒精、家庭通俗剧、一筒一筒的巧克力豆、暧昧关系，或者其他我们恰好喜欢的东西来冲淡自己的感伤。毕竟，我们生活的世界提供了越来越多逃避现实的机会，撰写回忆录可以通向让人不安的地方——一个我们不想待得太久的地方。我们想去那些地方，但是我们不想让自己感到太痛苦。这就是为什么浪漫的传说会打动我们，那些传说在我们耳边低声细语，告诉我们酒精或者糖果能让我们好受得多。

毫无疑问，我们真正需要的是对作家身份意义的全新印象：这种印象中应该有健康食品、锻炼、理智的态度，以及恬静的心灵——比起羸弱的身体或者精神，这些东西必然和杰出的写作更加相容。我们需要在这些方向上相互鼓励，拒绝古老的成见；我们必须相互提醒：和家庭抗争或者开始一段玷污自身的风流韵事不是作家必然的消遣。毕竟，即便没有酗酒、毒瘾、对于资格的担心等，写作本身也已经足够困难了。没有什么事实表明，好的写作需要以上任何一项。写作真正需要的是我们培养的毅力，因为有毅力才能努力工作，同时，写作也需要我们保持完全清醒的头脑——并且活着。

第 11 章　小心传说

写作建议

1. 用不超过四页的文字描述你所遇到的关于作家和写作的传说，或者你所遇到的体现了那些传说的人（家庭成员、老师、朋友、举行朗读会的作家、你通过阅读知道的作家等）。

2. 概述作家生活中一个理想的工作日，不要受旧有成见的束缚，采用新的、健康的视角来解读成为作家的意义。使用第一人称，或者虚构一个角色。

3. 虚构一段对话，你和另外一位作家（真实的或者虚构的都可以）讨论你处理出版、被拒、竞争以及其他相关问题的方法。可以意见相左、争论、改变自己的想法，或者让对方改变想法！

第 12 章

获取反馈

  艺术家总愿意混在一起。一伙一伙的作家在特定的咖啡馆碰面；各种各样的艺术家在各种著名的"沙龙"聚集。巴黎流放者、布卢姆茨伯里派、黑山派诗人，还有其他数不清的文学圈子的成员相互给予陪伴、支持，也相互争论，有时候会给彼此严肃而有益的批评。这些"学派"大多数在自己的内部都有数量庞大的特权成员。当中的女性很少，有色人种就更少了（哈莱姆文艺复兴作家除外，不过当中的女性依然很少），主要原因是这种生活方式更加青睐拥有独立收入、而且拥有妻子或者保姆来照料孩子（如果有孩子的话）的人。

  现如今，写作项目、工作室以及非正式写作小组可以给予成员类似的益处，但是参加者的范围比从前的文学圈子大得多。虽然各种工作室吸引的主要还是白人中产家庭的学生，但也有一些工作室在努力扩大自身覆盖的人群，而非仅仅象征性地尝试。然而，因为分文不取的特点，可以为大多数作家提供最好机会的是本土的朋辈写作小组，受益者既有经验丰富、拥有已出版的作品的作家，也有缺少经验、资源匮乏的作家，还有那些主流之外、

第 12 章 获取反馈

没有信心申请加入工作室的作家。

写作小组还有一个优势，就是规模灵活（从两个人到十二个人左右），而且谁都可以发起。如果你不知道有这样的写作小组，也没有作家朋友，你可以在你觉得作家会出现的地方张贴布告，或者制作可以在当地读书会上发放的传单。很快你就会找到志趣相投的人了。如果你住在乡郊地区，周围没有其他的作家，你可以在网上查找，或者试着通过邮件联系至少一位作家。有时候，为了找到合适的人，到最近的大学参加一门创意写作课程也是值得的，在课程结束之后，你们可以继续碰面或者通信。

为自己的草稿收集反馈是这个过程当中一个非常重要的环节。不带感情地阅读自己创作的回忆录是尤其困难的。因为你的文字都来自你的经验，所以你可能觉得很难知道读者是否理解自己的文字。也许你的叙事并不清晰，但是因为你自己掌握了所有的背景信息，所以你觉得叙事已经很清楚了。语气也是你很难判断的。有时候，因为你对故事投入了很深的感情，所以原有的感情涌上心头，也沾染了故事的声音和语气；当你已经暂时偏离了原定的叙述声音时，你可能还意识不到。像其他种类的创意写作一样，回忆录的结构和语言总是会从读者优秀的评判眼光中获益良多。

当回忆录中的故事包含了克服巨大困难的情节时，评判的眼光也可能会因此放低标准，似乎生活本身的难处某种程度上弥补了文学价值的缺失。评判者的同情也有可能妨碍真实的反馈，你可以尽情感激个中好意，但这种同情显然无助于你完善自己的作品，对此你要有清醒的认识。你需要事先表明，你希望得到的是对你作品的反馈，而不是对你生活的反馈。

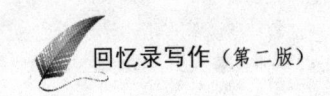

如果写作小组没有事先拟定的结构和维护这一结构的可靠方法，就可能遇到问题。讨论有可能离题万里，聚会主题可能成了社交而不是作品，小组成员可能相互之间过于熟悉以至于无法对写作就事论事，而是从中理解了自己认识的人的另外一面。虽然一开始小组成员会因为不用拘泥而喜欢散漫的结构——这可能看起来没有严肃的评判小组那么吓人——但最终他们会因为这对他们的作品用处甚少而沮丧万分。我见过不少写作小组，因为不愿意采取一定的形式来集中注意力处理手上的任务，在坚持了几个月的聚会之后就带着不满解散了。

我多年来一直主持"心灵旅程"为女性作家开设的夏季工作室，鼓励她们在参与由成名作家开设的课程之余，也自己成立朋辈评判小组。这些年里，我总结了一套指南，以帮助类似的小组正常运行。这些指南得到了同样在工作室教课的其他作家——尤其是瓦莱丽·迈纳[①]——提供的建议，现在被全美大量的评判小组使用。你会在本章末尾看到这套指南。

如果你所在的写作小组使用这套指南，或者像我在写这本书的时候所做的这样，定期和一位作家朋友碰面并交换手稿，那么，每一次聚会回家，你的手稿上都会记满了笔记。如果你得到很多改进意见，你会备受鼓舞、兴高采烈；如果你没能得到那样的意见，那要么是你的写作小组没有发挥它应有的作用，要么是你并不善于接受写作小组给出的批评意见。

聚会结束后不久，你应该坐下来，带着你得到的所有评论，仔细检查自己的作品。我发现把所有的评论都"试验"一遍很有

[①] 瓦莱丽·迈纳（Valerie Miner, 1947— ），美国小说家、记者、教授。

第 12 章 获取反馈

用处——除了那些我确定并不相关的评论（不过即便是那些不相关的评论也值得稍后再看，所以我不会把它们扔掉）。即便我不能确定，在电脑上或者本子上改动一下，看看自己是否喜欢，也没有什么害处。通常我还是会回到自己最初的版本。有时候，那些建议不是那么合意，但是会把我引向我从来没有想到过的进一步改变。有些读者会发现一些你马上就能修正的细微之处：某个人物在某一页上穿着皮鞋而到了下一页却穿着雨鞋之类前后不一致的地方，或者拼写和语法错误。

学着充分利用有价值的批评意见是作家需要培养的最重要的技能。当你和编辑合作的时候，如果你能充分接受他们的建议，而不是顽固地一味保护自己的作品，那么作品的质量将会得到很大的提升。和编辑的良好合作关系可以带给你一段激动人心而值得回味的经历，也是一份极好的礼物。

然而，不管是编辑还是朋辈小组，都不能保证只提供有价值的批评：小组里的一些成员可能缺乏经验，或者没有能力弄懂写作的内容。对于那些没有用处的意见，你可以弃之不顾。没有必要为你的作品辩护，至少在写作小组里是这样的：你的作品永远是属于**你的**。不管别人说什么，决定权最后还是在你手中。你不应该占用小组的时间来解释自己反对的原因，而且，不管写作小组多么奋力地迫使你做出修改，你也不需要解释自己最终的决定或者为之辩护。

善于接受反馈有时候可以让你的作品达到新的高度，这种高度是你自己一个人的时候所不能达到的。但是，相信自己的判断，从长远来说，是更为重要的。这是**你的**故事。只有**你**可以把它写出来。

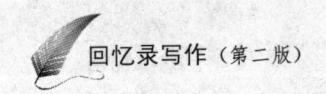

第一次聚会的时候，大声朗读以下内容，一条一条慢慢阅读，并且充分讨论。遵守下面的指南，或者按照适合自己小组的方式进行修改，然后坚持实行它们。

第 12 章 获取反馈

评判小组指南

商议是否要提前把每个人的作品发给所有的组员,以便在聚会的时候可以讨论更多的作品;商议在聚会的时候是要默读还是朗读——朗读这种方法对于诗歌和其他短篇的作品效果更好,但对于较长的小说或者非虚构作品则不太适用。

小组的所有成员都应该积极协作。虽然成员可能会经历"文思枯竭"的阶段,但小组不应该允许成员只提供批评却从来不把自己的作品带到聚会上。

如果批评**双方**(给出批评的一方以及作品被讨论的一方)不能同时充分发挥自己的效用,就不能产生良好的批评效果。善于接受对自己作品的批评和善于给出批评是同等重要的。

良好的批评效果不会自然而然地产生,而是需要学习的。我们的天性各不相同,可能喜欢直接指出错误,或者一味赞扬,或者保持沉默,或者逐点争辩,或者只是试着说说别人希望听到的话。我们可能生来就是个很好的批评家,但却是糟糕的批评受众,反之亦然。在批评过程中,我们无疑都有自己的长处和短处。我们应该耐心地学习,时刻保持开放的心态。

➢ **当你的作品是讨论对象时**

不要：

- 说自己的作品差、不完整、微不足道或者毫无价值。
- 解释自己写作的意旨（如果你的作品是成功的，你的意旨应该是显而易见的）。
- 告诉小组成员你写作的确切地点和方法（"我坐公共汽车去上班，见到了这个女人……"）。
- 在所有人都发表完评论之前回应。也就是说你在批评进行的过程中需要保持安静。

必须：

- 寻求自己想要的具体反馈。
- 一边倾听一边在自己的稿子上做笔记——即便你当时并不同意他们所说的内容。

➢ **当别人的作品是讨论对象时**

不要：

- 用让作者觉得自己愚蠢或者被羞辱的方法进行批评（要恭敬有礼）。
- 做出含糊的评价（"这挺好的"；"这不好"），要使用"我"来给出具体的个人回应（"我被最后一个部分感动了"；"我被第三页顶端的文字弄糊涂了"）。
- 讲述这份作品让你想起了自己的什么经历（你不是重点）。
- 假定故事中的"我"就是作者。即便写作的是回忆录，也要用"叙述者"或者"说话者"来指代故事中的"我"，不

第 12 章 获取反馈

要使用"你"来指代（参见第 9 页"叙述者"）。如果组员开始使用"你"，协调人务必及时提醒他们遵守这一条指南。

- 试图做出重大修改，用自己的话重新表述作者的文字或者将你自己的观点强加给作者。你的任务是帮助作者有力地表达他/她自己的观点。
- 继续解释已经阐述清楚的观点。你可以说同意或者直接跳过。

必须：

- 试着相信每一份作品的潜力。（更多相关内容请阅读《怀疑游戏和相信游戏》，收录在彼得·埃尔伯[①]的《无师自通学写作》中。）
- 尽可能清晰地表达自己的感受——仅仅有了感受是不够的。批评有无价值很大程度上取决于你是否能够清晰地表达自己的感受。
- 告诉其他组员你喜欢的内容、让你感动的内容、阅读完毕之后依然可以在你眼前浮现或者让你有感触的内容。（应该先呈现这些正面的反馈。）
- 告诉作者你记得最清晰的内容。
- 告诉其他组员你在哪里开始分心或者感到困惑了。

[①] 彼得·埃尔伯（Peter Elbow），美国作家、教授，著有《无师自通学写作》（*Writing Without Teachers*）。

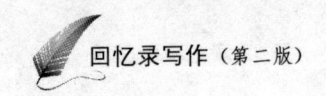

- 如果你愿意的话，在你手里的稿子上做笔记，然后交给作者（这通常在后面会发挥作用，而且会为评判小组节省时间）。这一点尤其适用于语法、标点和拼写之类的修改。

每一次小组聚会都应该有一个人协调、掌握时间，在讨论离题的时候提醒组员。这个角色应该是轮流担任的，不应该由同一个人来组织两次甚至更多次的聚会。如果小组聚会的地点也是轮换变化的，你们可以采用在谁家聚会就让谁做协调人的方式。无论如何，每次聚会结束的时候，在小组评价之前就应该确定下一次聚会时的协调人。协调人应该在聚会之前就仔细阅读这份指南（或者经小组成员一致同意的修改版本）。如果小组讨论偏离了原定的方向，他/她应该毫不犹豫地指出。

在聚会开始的时候，要按照实际情况划分时间。如果需要评论的作品数量多于本次聚会实际可以评论的数量，要确保多出的那些会留待下一次聚会时评论。将时间平均分配至每一篇作品，并且严格按照时间限制进行评论。如果时间已到，但并非每个人都已做过发言，可以让没有发言的小组成员写下还没有发表的意见，交给作者。不要允许超时。因为即便这种超时看上去是合理的，对这次小组聚会的整体进程而言却是无益的。

如果没有事先阅读作品，那么，首先进行阅读。

组员围成一圈，按顺序依次发言。这是保证新的小组每位成员都能平等参与的最佳办法。稍后你们可以尝试不按顺序发

第 12 章 获取反馈

言，但是如果组员开始闲谈或者重复已经说过的观点，或者有组员一直在发言，那么就应该重新采取按顺序发言的方式。不要重复已经说过的内容，可以直接说你同意别人的观点，然后让下一个人发言。

不要在还没有轮到自己的时候插话，应该等前面的人依次发言完毕。如果很想就某一点发表意见，也应该等到所有人都做了发言**之后**。

作者不应该回应，只需要倾听。这是非常重要的。为了实现这一点，不要直接向作者提问。在你们就某些不明白的问题进行讨论的时候，他/她通过倾听学到的东西，比起向你们把问题解释清楚而学到的东西要多。你可以在所有人都已经完成评论之后，请作者做出简短的回应。

在聚会最后，留出五分钟或者更多的时间来对本次聚会进行评价。同样，每一位组员都要轮流发言。在小组评价之前选出下一次聚会的协调人，以便新的协调人可以记下这次聚会中做得好的部分和需要改进的部分。

附 录
你的回忆录和法律

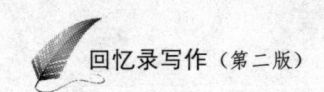

很多正在进行回忆录写作的作家担心会被告上法庭。对于大多数作家而言，他们真正担心的其实是说出真相这一行为，只有极少数的作品才真的涉及需要考虑的法律问题。

　　你被起诉的概率其实极其微小——这基本不会发生。除了是否有足够的法律依据发起诉讼这个原因之外，还有两个非常有力的理由可以解释为什么你不太可能要面对法律诉讼。首先，提起诉讼是很昂贵的——实际上，其昂贵程度已经超出了大多数人可以承受的范围（虽然大多数人还是有能力聘请律师来声称要提起诉讼的）。即便律师费不是按小时计算，而是按照赔偿金额的百分比计算，提起诉讼的人也需要结清很多费用，例如申请费、专家证人费、取证费用等。其次，虽然提起诉讼是一个公开反驳你书中说法的机会，但是那些不喜欢你对事件本身或他们个人的描述的人，显然也不愿意再引起公众对你所说内容的关注。

　　我强烈建议你在写作回忆录的时候不要担心自己的法律处境。等你准备出版作品的时候再来考虑这个问题。实际上，寻找出版商会帮助你实实在在地了解是否有需要担心的内容，因为你的出

附 录 你的回忆录和法律

版商会考虑到所有可能出现的法律诉讼。大多数出版合同都要求你保证出版商免受诽谤或者侵犯隐私行为的索赔（也就意味着，如果他们被起诉的话，你就必须承担赔偿）。然而，没有出版商会希望在那样的情况下向作者收取费用；他们会向他们自己的法律顾问咨询，确保没有潜在问题。另外，一旦你的稿件被出版商接受，你也可以就你所关心的问题和编辑交流，这样，如果真的有什么风险，你们也可以一起寻求解决办法。

此外，还应当稍微了解一下相关的法律。下面，我会给出一些精选的可能适用于回忆录出版的简化法律条文。当然，除了列出的这些内容，还有很多微妙的问题。如果你想进一步了解这方面的内容，可以到本地图书馆查阅关于出版法规的书籍。

这些法律会让你更加明确自己肩负的责任：你需要坚守真相、认真地处理自己的写作素材，特别是当别人的名誉可能因你的写作而受损的时候。

适用于写作领域的法律大致分为两个部分：**诽谤**和**侵犯隐私**。

诽谤包括文字诽谤和言辞诽谤，涉及损害对方名誉及/或营利能力的出版物或虚假信息。典型的例子包括关于犯罪行为、道德品质、企业运营状况、种族歧视等的陈述。

侵犯隐私或人格权利主要涉及公开出版对他人造成冒犯、使其陷入尴尬处境或被人误解的出版物，以及以营利为目的，不正当利用他人肖像或姓名的行为。

当有人认为自己受到你的作品的伤害时，他会根据这些民事

163

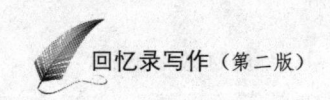

法律——而非刑事法律，向你提起民事诉讼。这意味着那个人需要聘请律师，而不是利用地方检察官提供的免费服务。因为这些不属刑事法律的管辖范围，所以也不会导致刑事处罚。这种诉讼会要求你做出赔偿，或者停止传播你的回忆录，或者二者皆有。

以下是关于这两个问题你需要了解的主要内容：

诽谤

如果你被法律裁定存在诽谤行为，那你的回忆录中的某项陈述肯定是：

- **虚假的**。真实的陈述不是诽谤。
- **公开发表的**。这项陈述必须已经在公开范围内传播。
- **作为事实陈述呈现的**。明显作为观点而非事实呈现出来的陈述相对不易遭到诽谤的指责。
- **关于具名或者可以辨别的人物的**。只有当这一人物的姓名是明确的，或者因其个性、体貌描述或者其他可供识别的特点而可以辨认时，你的相关陈述才可能构成诽谤。当你的陈述被证实对某一团体全体或其中某一成员造成伤害时，这一团体也可以对你提起诽谤诉讼。
- **关于在世的人的**。一般而言，没有人可以代表已经去世的人起诉你。
- **对权利人造成了伤害或侮辱**。如果你的陈述构成诽谤，则肯定已经造成了相关人员遭到公开蔑视或憎恨，或者令其失去了获得收入或晋升的机会，或者造成其失去配偶等。这些伤害通常是无须相关权利人证明而自动推定的。

你还应该牢记，对于**公众**人物和**非公众**人物的描述是有不同的法律标准的。作为作者，你有更多自由评论公职人员和社会公

附 录 你的回忆录和法律

众人物的生活,例如演艺人员、社会活动家、官员以及其他"将自己本身或者自己的想法推进公众视线的人"。

如果公众人物要对你提起诉讼,就必须证明你做出诽谤陈述的时候是带有所谓的"实际恶意"的。"实际恶意"的一个例子就是你明知自己的陈述是不实的,或者你完全不在乎自己的陈述是否真实。然而,非公众人物是无须证明这种恶意的,只要他们能证明你在查证核实关于他们的陈述时粗心大意,他们就可以赢得诉讼。

侵犯隐私/人格权利

"侵犯隐私"这一概念之下涵盖了数种可能适用于回忆录作家的情景,彼此之间大不相同:

● **公开了对可以辨认的人物造成冒犯或令其尴尬的私人事件**——尚未成为公众记录的事实。冒犯或尴尬的定义取决于你所在地区的"社区标准"。

● **使用事实性陈述对人物进行了错误的描写**。这和诽谤的不同之处在于,虽然使用的事件可能是真实的,但却是用于误导读者的。

● **未经他人同意而使用其姓名或肖像获取商业利益**。例如,如果你在回忆录中提及的人很有名气或者对其姓名、肖像等享有特殊权益,那么如果你打算以营利为目的出版自己的回忆录,就应该慎重使用与这些人有关的信息。在这种情况下,事先获取他们的书面授权是个不错的办法。

隐私法律的一个关键元素就是"新闻价值"标准,这一标准允许你在相关事实被视为合法公共利益的前提下,公开发表关于特定人物的事实的文字。

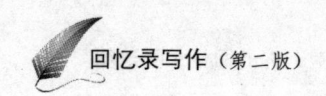

根据这些法律，公职人员和社会公众人物不享有隐私权，除非隐私和他们的公众角色没有任何联系。但是，你不可以在未经本人允许的情况下，使用他们的姓名、肖像获取商业利益，也不可以采用侵害性的手段收集他们的资料。

同样，你应该牢记，被起诉的概率是极其微小的，并且，你可以采取一些措施：

● **讲述真相**。因为在某些时候要证明很困难，所以不管在什么情况下，都要做好信息调研，并且详细记录调研的过程。尤其是在要指控别人的时候，要确保自己掌握了确凿的证据来支持自己的陈述。

● **将自己的观点作为观点呈现**。注意不要将观点作为事实来陈述。

● **将有争议的陈述由他人之口道出**。如果除了你自己之外的信息来源可以证实你对故事的陈述，而这个故事又有可能激怒别人，那么最好能够写明这种信息来源，尤其是这种信息来源是公认可靠的时候。但是，你最终还是需要为你的言论负责，而且，如果你的陈述有争议的话，"据说"这种短语是不太可能保护你的。

● **获得你所写人物的许可**。有些作者会未雨绸缪，提前获取所写人物的书面许可。在这方面我想推荐布拉德·邦宁和彼得·贝伦[①]的一本书，叫《作家的法律伴侣》。

● **改变名字伪装人物**。如果你担心出版的故事会刺激别人，

---

① 布拉德·邦宁（Brad Bunnin），美国出版顾问、出版商。彼得·贝伦（Peter Beren），美国作家、出版顾问、独立出版商。二人合著有《作家的法律伴侣》（*The Writer's Legal Companion*）。

附　录　你的回忆录和法律

引起法律或者其他方面的纠纷，可以考虑让他们无法被辨认出来。

● **不要永远担心**。美国不同的州有长短不一的诉讼时效——通常是从出版之日起的一年或两年，在那之后别人就不能起诉你了。

既然你已经阅读完毕，你就可以继续写作了，先把这些都忘掉，直到你完成回忆录并且准备出版的时候再来考虑相关问题。不要让自己在写作过程中还查阅这些条目，也不要把自己对讲述故事的紧张情绪和发生概率极其微小的法律问题混为一谈。写作和出版是作家工作中的两个独立阶段。在一段时间里只处理一个阶段的事情。

译后记

在翻译《回忆录写作》一书时，首先想起的是当年我曾经上过的创意写作课。

在课上，我写下了人生中第一篇回忆录。几千字的写作让我发现，原来，只要认真回想，记忆中的细节还是那么鲜活；而在作品朗读会上，透过蒙眬泪眼，我诧异，原来自己的回忆能打动的，不仅仅是自己。后来每每看到"回忆录"这三个字，心里都是对这门创意写作课的感激。这门课是中国人民大学的李华讲授的，她毕业于美国南加州大学，获得了创意写作终端学位。在李华的课上，我们开始了对自我与他者的探究，在震颤与共鸣中重新认识彼此，写下了心灵深处的故事。

对于还没有机会在课堂上学习回忆录写作的读者而言，朱迪思·巴林顿的这本《回忆录写作》正是一本上佳的指导。在十二章的篇幅里，她由浅入深地介绍了回忆录的定义、回忆录写作的准备、回忆录形式的确定以及写作过程中需要注意的种种问题和处理技巧，还提供了切实具体的操作步骤来指导我们通过写作小组获取反馈、完善作品。

巴林顿告诉我们，回忆录和传记不同，它通常专注于一个主题或者一个方面深入探索，不仅仅是简单的陈述，还是作者用现有认知对过去的事情进行的阐释；她让我们明白，名气不是写作回忆录的必要条件，我们每一个人的故事都是值得写下来也值得

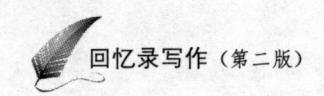

他者阅读的；她还通过大量的作品选段向我们细细解释回忆录写作的问题处理和技巧运用。每章末尾设有"写作建议"，其中的指令简要明了，让人可以循序渐进地展开写作练习，非常适合愿意学习回忆录创作的读者按章操作，这也是本书的一大特色。

巴林顿希望这本书能够鼓励我们挖掘自己最深层次的理解，帮助我们塑造重拾的真相。让我们开始吧！

杨书泳

2014 年 3 月

"创意写作书系"介绍

　　这是国内首次系统引进国外创意写作成果的丛书，是关于文学创作的教科书和自学指导。

　　写作需要天才吗？作家可以教出来吗？文学创作需要什么天赋、才能和技艺？作家的"黑匣子"里到底隐藏着什么样的秘密？如果想自学写作，如何无师自通？如果有几个志同道合的人一起练习写作，如何相互促进？如果有一个作家班，该如何授课？"创意写作书系"为读者提供了一把通往作家之路的钥匙，帮助读者学习写作技巧、克服写作障碍、规划写作生涯。

丛书书目

书名	作者	出版日期	阅读参考
《成为作家》	多萝西娅·布兰德	2011年1月	一般指导
《写作法宝——非虚构写作指南》	威廉·津瑟	2013年9月	非虚构写作
《开始写吧！——虚构文学创作》	雪莉·艾利斯	2011年1月	虚构写作、练习
《开始写吧！——非虚构文学创作》	雪莉·艾利斯	2011年1月	非虚构写作、练习
《开始写吧！——影视剧本创作》	雪莉·艾利斯	2012年7月	剧本写作、练习
《小说写作教程——虚构文学速成全攻略》	杰里·克利弗	2011年1月	虚构写作
《情节！情节！——通过人物、悬念与冲突赋予故事生命力》	诺亚·卢克曼	2012年7月	虚构写作
《写好前五页——出版人眼中的好作品》	诺亚·卢克曼	2013年1月	虚构写作、一般指导
《畅销书写作技巧》	德怀特·V·斯温	2013年1月	虚构写作
《故事技巧——叙事性非虚构文学写作指南》	杰克·哈特	2012年7月	非虚构写作
《30天写小说》	克里斯·巴蒂	2013年5月	虚构写作
《一年通往作家路——提高写作技巧的12堂课》	苏珊·M·蒂贝尔吉安	2013年5月	非虚构写作
《创意写作大师课》	于尔根·沃尔夫	2013年7月	一般指导
《诗性的寻找——文学作品的创作与欣赏》	刁克利	2013年10月	一般指导
《你的写作教练》（第二版）	于尔根·沃尔夫	2014年1月	一般指导
《写出心灵深处的故事——非虚构创作指南》	李华	2014年1月	非虚构写作
《创意写作教学：实用方法50例》	伊莱恩·沃尔克	2014年3月	一般指导
《回忆录写作》（第二版）	朱迪思·巴林顿	2014年6月	非虚构写作

美国《作家文摘》出版社写作指导书

书名	作者	出版日期	阅读参考
《故事工程——掌握成功写作的六大核心技能》	拉里·布鲁克斯	2014年6月	虚构写作
《冲突与悬念——小说创作的要素》	詹姆斯·斯科特·贝尔	2014年6月	虚构写作
《情节与人物——找到伟大小说的平衡点》	杰夫·格尔克	2014年6月	虚构写作
《经典人物原型45种——创造独特角色的神话模型》	维多利亚·林恩·施密特	2014年6月	虚构写作
《经典情节20种》(第二版)	罗纳德·B·托比亚斯		虚构写作
《写我人生诗》	塞琪·科翰		诗歌写作
《修改与自我编辑》(第二版)	詹姆斯·斯科特·贝尔		一般指导
《童书写作指南》	玛丽·科尔		童书写作
《写好前五十页》	杰夫·格尔克		虚构写作
《作家创意手册》	杰克·赫弗伦		一般指导
《小说创作理论》	戴维·姚斯		虚构写作
《故事力学》	拉里·布鲁克斯		虚构写作
《剧本创作一本通》	罗布·托宾		剧本写作
《怎样写出好文章》	内维德·塞勒		非虚构写作
《我不是写作书！——写给年轻作家》	克里·梅杰斯		一般指导

创意写作书系（青少版）

书名	作者	出版日期	阅读参考
《写作魔法书——让故事飞起来》	加尔·卡尔森·莱文	2014年6月	虚构写作
《写作魔法书——妙趣横生的创意写作练习》	白铅笔	2014年6月	练习

Writing the Memoir: From Truth to Art by Judith Barrington

Copyright © 1997, 2002 by Judith Barrington.

Published by arrangement with the Eighth Mountain Press.

Simplified Chinese version © 2014 by China Renmin University Press.

All Rights Reserved.

图书在版编目（CIP）数据

回忆录写作：第2版/巴林顿著；杨书泳译．—北京：中国人民大学出版社，2014.4
（创意写作书系）
书名原文：Writing the memoir: from truth to art
ISBN 978-7-300-19214-7

Ⅰ.①回… Ⅱ.①巴… ②杨… Ⅲ.①回忆录-写作 Ⅳ.①I055

中国版本图书馆 CIP 数据核字（2014）第 074647 号

创意写作书系
回忆录写作（第二版）
朱迪思·巴林顿　著
杨书泳　译
Huiyilu Xiezuo

出版发行	中国人民大学出版社				
社　　址	北京中关村大街 31 号		邮政编码	100080	
电　　话	010-62511242（总编室）		010-62511770（质管部）		
	010-82501766（邮购部）		010-62514148（门市部）		
	010-62515195（发行公司）		010-62515275（盗版举报）		
网　　址	http://www.crup.com.cn				
	http://www.ttrnet.com（人大教研网）				
经　　销	新华书店				
印　　刷	北京中印联印务有限公司				
规　　格	160 mm×235 mm　16 开本		版　　次	2014 年 6 月第 1 版	
印　　张	11.75　插页 1		印　　次	2014 年 6 月第 1 次印刷	
字　　数	118 000		定　　价	29.00 元	

版权所有　侵权必究　印装差错　负责调换